# 32. Recklinghäuser

# Autorennacht 2019

NEUE
LITERARISCHE GESELLSCHAFT
RECKLINGHAUSEN

# 32. Recklinghäuser Autorennacht 23. November 2019

Autorinnen- und Autorenwettbewerb

der Neuen Literarischen

Gesellschaft Recklinghausen e. V.

# Texte der Endausscheidung

«32. Recklinghäuser Autorennacht 2019»
Herausgeber: NLGR e. V. - Neue Literarische Gesellschaft Recklinghausen e. V.
www.nlgr.de, www.autorennacht.de
© 2019 der vorliegenden Ausgabe: NLGR e. V.

Satz und Umschlag: NLGR e. V. (Ralf Kropla)
Bilder und Fotos (Ausschnitt) Umschlag: Christian Herrler
Herstellung: BoD - Books on Demand, Norderstedt


ISBN 978 3750 41225 5

# Die 32. Recklinghäuser Autorennacht

Liebe Leserin, lieber Leser,

Die Preisträger des Jurypreises waren in den vergangenen Jahren: *Gabriele Schnettler* (2001), *Klaus Dittmar* (2002), *Wilfried Besser* (2003), *Mirko Kussin* (2004), *Hubert Lohrmann* (2005), *Klaus Dittmar* (2006, erneut), *Andrea Rohmert* (2007), *Ulrich Dittmar* (2008), *Mirko Kussin* (2009, erneut), *Natascha Eschweiler* (2010), *Sylvia Seelert* (2011), *Volker Köhn* (2012), *Norbert Kühne* (2013), *Wilfried Besser* (2014, erneut), *Holger Pannenbäcker* (2015), *Andrea Rohmert* (2016), Philip Behrendt (2017).

Wir möchten folgenden Personen ganz herzlich danken:

- den Jurymitgliedern der 32. Recklinghäuser Autorennacht: *Gudrun Güth, Monika Wischnowski* und *Natascha Eschweiler* sowie *Stephan Schröder*.
- der *Sparkasse Vest Recklinghausen* für ihre finanzielle Unterstützung,
- allen Mitwirkenden der *Neuen Literarischen Gesellschaft Recklinghausen* und der *Altstadtschmiede* Recklinghausen für ihren organisatorischen Einsatz
- und nicht zuletzt den Autorinnen und Autoren, die ihre Texte eingereicht haben und somit die Autorennacht überhaupt erst möglich machen!

Herzliche Grüße,

*Stephan Schröder (Vorsitzender der NLGR)*

Die Texte der
32. Recklinghäuser
Autorennacht 2019

Inhalt:

# Zdena Balanova

# Der Absprung

Prolog

»... Sie fördert ein hohes Leistungspotenzial bei allen Mitarbeitern und trägt damit zu besten Arbeitsergebnissen auch in turbulenten und hektischen Zeiten bei. ...«
(Auszug aus dem Arbeitszeugnis)

Der Zug rast durch eine endlose Landschaft. Mit 299 km/h.
Vor einer immerwährend gleich starren Kulisse – durch die hohe Geschwindigkeit.
Nur noch 12 Jahre bis zum nächsten Halt.

Dann springen wir ab.
Ich – und die bleierne Müdigkeit.
Ein harter Aufprall.
Wir überschlagen uns und rollen blitzschnell weiter.
Dann langsamer.
Stillstand.
Weiches Gras unter meinem Bauch.
Wir sind angekommen.
Im Leben?

Mit gebrochenen Gliedmaßen und Erschütterungen im Kopf, mit einem Magen,
der die Nahrung verweigert und einem nicht mehr sprechen wollenden Mund.
Mit in Puzzleteile zersplitterten Gedanken.

Worte ohne Sinn.

Die Sonne brennt auf leere Bilder hinter den Augenlidern.

Ich möchte sie öffnen. Keiner zieht an den Fäden. Sie bleiben geschlossen.

In meinem Kopf ein Pulsieren, Pochen und Hämmern.

Mit 299 km/h.

Schnell, schneller!

Angst! Ich habe arg an Geschwindigkeit verloren ...

Dann höre ich – Stille.

Neben dem Dauerpfeifen von Schnellzügen in meinem Ohr.

Ein dünner Lichtstrahl durchdringt die Wimpern.

Ein Zipfelchen Stoff in der Nuss für Aschenbrödel erscheint.

Langsam daran ziehen.

Nein! Mit Geschwindigkeit!

Wir sehen.

Ich – und die Leblosigkeit.

Einen grünen Grashalm. Reglos. Bewegt sich nicht.

Ein gelbes Blümchen. Steht einfach da. Duftet.

Einen schwarzen Käfer. Glänzt in der Sonne. Kriecht mit 0,000000299 km/h.

Dann fall' ich in den blauen Himmel.

Ich vermisse meine Mitreisenden – nur noch 12 Jahre lang vom nächsten Halt entfernt.

Wir sind uns so nahe gekommen in den engen Abteilen.

Im eisigen Kosmos des Großraumwagens.

Eine kühle Vertrautheit.

Bei 299 km/h.

Gras unter meinem Rücken.

Man sagte mir, ich solle warten, der Zug komme noch einmal
vorbei.

Wenn ich wieder schnell genug laufen könne, könne ich aufspringen.

Wir warten.

Ich – und die würgende Angst.

Und kriechen auf allen vieren durchs hohe Gras.

Wir lauschen.

Kein Hämmern und Donnern. Kein Pfeifen und Quietschen.

Kein Zug ist gekommen.

Die Sonne wärmt.

Stille.

Licht.

Duft.

Farbe.

Ein Vogel schneidet im Zeitlupentempo Stunden vom Himmel
ab.

Wir schlafen ein.

Ich – und die Geborgenheit.

Angekommen.

Im Leben.

Epilog

Die Peitsche ist verschwunden.

Zwangs-Metamorphose beendet.

Die Ameise kann wieder zur Schnecke werden.

Frage an die Biologen:

Wie lange wird sie dafür brauchen?

# Ulle Bowski

# Ansichtssache

Eine alte Redensart lautet: »Das kannst Du halten wie ein Dachdecker.«

Entweder so oder so, oder so oder so. Oder einfach so, kannst es aber auch so oder so sehen, oder eben so, oder so, wie man es eben gerade sehen möchte.

Wir sehen dann, während wir ein kühles Bier trinken, wie das Glas stetig voller wird.

Wir vertrauen in die Zukunft, obwohl wir froh sind, dass wir gerade noch rechtzeitig die Vergangenheit hinter uns gelassen haben.

Wir schließen eine Lebensversicherung ab!

Wir laufen einen Halb-Marathon, weil wir für die ganze Strecke keine Zeit haben.

Wir fasten und schnüren uns den Magen klein, um uns dann mit zwei Tüten Chips und einen Kasten Cola zu belohnen.

Wir fahren in der dreißiger Zone einunddreißig, weil wir die Gefahr lieben, entdeckt zu werden.

Wir pflegen unsere Intoleranzen und geben uns als Weltbürger.

Fahren mit dem Rad zur Arbeit, obwohl wir schon in Rente sind.

Singen O- Tanne Baum unter einer Birke und fangen Fisch nur aus der Dose.

Wir stellen uns zum Spaß einen halben Vormittag neben die Zeugen Jehovas und sagen dann »Aus dieser Perspektive habe ich unsere Stadt noch nie gesehen.«

Dann nehmen sie ein Exemplar des »Wachturm« und schlafen den Rest des Tages auf der Parkbank.

Sie gehen zu ihrem Hausarzt und erzählen ihm die unmöglichsten Wehwehchen. Körperlich, psychisch, seelisch und Rücken sowieso.

Dann lassen sie ihn machen und achten auf seine Kernkompetenz.

Wird er die nicht vorhandene Krankheit diagnostizieren?

Wenn ja, dann holen sie das gekaufte Fachbuch von der Diakonie heraus und sagen »Volltreffer!«

Abends gehen sie dann in die naheliegende Pommes Bude und lassen ihren Blick so lange auf die hängende Speisetafel schweifen, bis der Grieche fragt: »Und?«

Dann sagen sie: »Ich gucke noch?«

Und kurz bevor die Pommesbude schließt, das ist meist so gegen 23:00 Uhr, bestellen sie schnell doch noch eine Doppel Pommes rot/weiß, mit Currywurst, wie immer.

Der Grieche wird sagen: »Aha, wie immer, wird gemacht, Chef.«

Sind Sie schon einmal vom Dach gefallen? Ich schon. Und sogar bis unten hin.

Wissen Sie eigentlich, was einem während solch kurzen Fluges alles durch den Kopf geht? Wissen Sie nicht, weil Sie ja noch nicht geflogen sind.

Ich bin mal, aus Versehen, von solch einem Dach gefallen. Fünf Meter Fluglinie, neunzig Grad direkt auf den frisch gemähten Rasen. Bong!

Solch einen Flug kann man wirklich nur sehen wie ein Dachdecker.

Zumindest sollte man, ich hielt vor lauter Ungewissheit die Augen zu.

Was man nicht sieht, existiert nicht. Eine alte Bauernweisheit, die in diesem Fall aber leider nicht aufging.

Natürlich existierte der Rasen. Und solch einen harten Rasen haben Sie sicherlich noch nie gespürt.

Im Flug denkt man an alles Mögliche, nur nicht an sein eigenes Ende.

Vielleicht eine Kurzschlussreaktion der durchgeschüttelten Synapsen?

Die dann gleich mit Fake News das biometrische System bei Laune halten wollen.

Angst ist tödlicher als das, was einem zustößt.

Nicht immer, aber sehr weit verbreitet.

Im Flug dachte ich an Schnitzel.

In extremer Situation möchtest du dich nicht selber mit einer Doppel Pommes rot/weiß mit Currywurst abspeisen.

Es könnte sich ja um deine Henkersmahlzeit handeln, also wählst du gleich Jäger-Sahne-Soße dazu, doppelt. Ruhig doppelt.

Die Gewichtszunahme wird deinen Flug nicht beschleunigen.

Und falls du während des Fluges ein paar Gramm zulegen solltest?

Was soll's? Elvis ist auch durchgekommen.

Kurz vor dem Aufprall überlegst du noch schnell.

Kommen Veganer bevorzugter in den Himmel als Fleischesser?

Sind im Himmel vielleicht sogar nur Veganer? Oder auch Pescetarier, Lakto-Veganer, Ovo-Veganer, Frutarier oder gar nur Arier?

Ich bekam bei diesem Gedanken eine Gänsepelle, welche meinen Sturz etwas abfederte.

Vielleicht bin ich ein Flexitarier, das sind Gelegenheitsvegetarier. Die legen Wert auf gesundes Essen, Fleisch oder Fisch – aber nicht kontinuierlich meiden!

Ich denke nur an das Jägerschnitzel, denke nur, denke nur, denke nur.

Dann daran, dass ich heute eher Feierabend haben werde.

Im welchem Zustand weiß ich noch nicht genau.

Noch einige hundertstel Sekunden freier Fall.

Ich sehe mich jetzt mit einem Gipsbein hoch hängend im Krankenhaus liegen.

Der Fernseher läuft. Glücksrad. Ich kaufe ein R und drehe fest am Rad und löse auf.

Reinkarnation. Ich bekomme die Summe von 5600 Euro und verdoppele.

Dann kaufe ich einen Konsonanten: Z wie Zorro. Dann geht die Tür auf und endlich bekomme ich mein gewünschtes Jägerschnitzel. Es duftet und sieht gut aus.

Mein voll eingegipster Zimmernachbar schaut gierig durch einen Sehschlitz.

Laut Befund hat er nur einen verstauchten Fuß. Ist aber Privatpatient und da spielt Gips keine Rolle. Also wurde er kurzerhand voll verpflegt. Inklusive goldener Schnabeltasse und silberner Bettpfanne.

Apropos Pfanne.

Auf einem kleinen Stück Moos, welches auf der Dachpfanne wuchs, wurde mein Schicksal besiegelt. Durch die Feuchtigkeit erhöht sich die Glitsche. Ein Fachausdruck für die gesetzliche Krankenkasse. Ohne dieses Beweisstück könnte ja auch Alkohol im Spiel gewesen sein. Was es früher auch vermehrt war.

Glitsche und eine gewisse Regeldachneigungsobergrenze führen zwangsläufig zu einem gefährlichen Falling Down.

Als Regeldachneigung bezeichnet man die Dachneigung, bis zu der sich eine Dachdeckung in der Regel als regensicher erwiesen hat, welche gleichzeitig auch die Fallgefahr erhöht.

So ein Mittelmaß, Dach dicht und Decker sicher, gibt es nicht.

Mein Zimmernachbar stöhnt und ich schütte ein wenig Jägersoße in seinen engen Mundschlitz. Er klappert mit den Wimpern und ich frage mich, ob die Soße noch zu heiß sein könnte oder er gar eine dieser neu modernen Intoleranzen haben könnte.

Pilz-Intoleranz oder Soßenbinder-Intoleranz oder vielleicht sogar eine Gips-Intoleranz, weil ein Teil seines Gesichtsabdruckes sich mit der Jägersoße beim Schütten vermischt hatte.

Ich habe tierische Kopfschmerzen. Schlage die Augen auf und sehe mich jetzt auf dem frisch gemähten Rasen. Ein Blick auf die Uhr. Noch zwei Stunden Schicht.

Anscheinend habe ich den Sturz vom Dach überlebt. Ich liege auf dem Rücken, die Judorolle in der allerletzten zehntel hundertstel Nanosekunde hat mir wohl das Leben gerettet.

Judorolle ist so ziemlich die einzige Fähigkeit, die ich sportlich nachweisen kann.

Fußball: Niete. Handball: Niete. Völkerball: Niete. Basketball: Niete. Schwimmen, Tanzen, Laufen, Gehen, Stehen. Durch die Bank weder eine Sieger- noch eine Ehrenurkunde. Nicht mal einen Trostpreis, geschweige ein Trostpflaster.

Ich habe mich aber schon durch hunderte gekonnte Judorollen aus allen möglichen Situationen befreit.

Angefangen im Kindergarten rückwärts von der Rutsche, über die Raucherecke gegen die Brüder Markowski und Strangemann. Dann elegant ausgemustert durch eine sehr schlechte Judorolle. Diverse Diskobesuche durch eine gekonnte Judorolle, an der Kasse vorbei. Dasselbe im Kino, in der Bar und im Puff und Arbeitsamt.

Auch langjährige Beziehungen habe ich durch eine gekonnte Judorolle beendet.

Auch mein Abi. Judorolle. Zack. 1,4.

Und heute?

Heute werde ich wohl auch wieder eine Judorolle machen.

Durch eine Doppelverneigung vor meinem Publikum.

Danke fürs Zuschauen und lasst euch eins versichern:

Am Arsch hängt der Hammer, beim Dachdecker links!

# Chantal Duman

# Schwarz wie Kohle

Sie ließ die Tür ins Schloss fallen, etwas lauter als beabsichtigt, aber nun gut. Warum sollte sie ihren Unmut verbergen?

Vor ihr stand er, lächelnd mit einer leichten Spur Überraschung im Gesicht. »Du begleitest mich?«

Genervt sah sie ihn an. »Die Borchert hat gesagt, du findest es sonst nicht.«

Sie machte auf dem Absatz kehrt und ging los. Für einen kurzen Augenblick stand er unschlüssig da. Dann folgte er ihr.

Ihre Absätze klackerten auf dem harten Boden.

Es waren eine Menge Stufen, die sich vor ihr auftaten. Sie ließ einen unnötigen Blick in Richtung Fahrstuhl schweifen, denn schließlich wusste sie, dass er defekt war. »Wir nehmen die Treppe. Das Scheißding ist schon die ganze Woche kaputt. Warum sollte man es auch reparieren lassen? Lasst die blöden Schüler ruhig laufen«, sagte sie, ohne ihn dabei anzusehen.

Kurz fiel ihr Blick auf ihre High Heels. Sie schürzte die Lippen und straffte die Schultern, dann ging sie weiter.

»Kein Problem. Ich habe ihn sowieso noch nie benutzt.«

Elisabeth sah ihn an, als hätte er ihr gerade offenbart, dass er gerne am Wochenende Schlagerpartys veranstaltete.

»Warum?«, fragte sie ihn entgeistert.

»Ich mag es nicht, wenn ich nicht weiß, was um mich herum passiert.«

Elisabeth hob eine Augenbraue und sah ihn zum ersten Mal richtig an. Eigentlich hatte sie sich vorgenommen, nicht mit ihm zu reden.

Er war ziemlich groß für sein Alter. Vielleicht war er ja gar nicht 17. Belegen konnte er es zumindest nicht. Seine Papiere waren alle im Meer verschwunden, so hatte er es ihnen erzählt. Es sei wie ein gefräßiges Monster gewesen und sein Ausweis war im Schlund des großen Untiers verloren gegangen. Wortwörtlich hatte er es so natürlich nicht formuliert, aber Elisabeth konnte sich sehr gut daran erinnern, wie sich vor ihr ein Bild aufgetan hatte, eben dieses mit dem Monster.

Seine Haare waren schwarz wie Kohle. Jetzt trug er sie etwas länger. Die neue Frisur stand ihm gut, dachte sie und war gleichzeitig irritiert über diese Feststellung, denn eigentlich war es ihr doch egal, wie er aussah.

»Klaustrophobie vermutlich.«

»Ja, vermutlich.«

Sie wunderte sich über sein rasches Entgegnen. Er hatte ihre Sprache schnell gelernt, sehr schnell sogar. Selbst Fremdwörter schienen ihm geläufig zu sein. Dumm war er nicht. Doch im Grunde wusste sie gar nichts über ihn. Ein Urteil hatte sie sich dennoch gebildet.

Ihr Atem wurde lauter und ihre Stirn begann zu glänzen. Verstohlen warf sie einen Blick auf Mohammed. Er schien nicht zu schwitzen. Leichtfüßig ging er die Treppe hoch, Stufe für Stufe. Seine Gesichtszüge waren weich. Er wirkte gelassen, geradezu in sich ruhend. Elisabeth war das genaue Gegenteil. In der Pause würde sie dringend ihr Make-up auffrischen müssen. Ihr Gesicht glühte vor Anstrengung.

»Gott, ich hasse dieses Gebäude.«

»Glaubst du eigentlich an ihn?«

Elisabeth zuckte zusammen. Sie wollte doch nicht mit ihm sprechen und schon gar nicht über dieses Thema. Leise sagte sie: »Ja, schon.«

Er lächelte wieder dieses sanfte Lächeln und entblößte dabei schneeweiße Zähne.

Zögernd lächelte Elisabeth zurück.

»Ach nee, Ellie und der Syrer. Wer hätte das gedacht?«, ertönte eine dröhnende Stimme.

»Matz, du hast mir gerade noch gefehlt. Müsstest du nicht im Unterricht sein?«

Der große Typ zuckte mit den Schultern. »Was treibst du denn mit dem?« Mit dem Kinn deutete er auf ihren Begleiter.

Elisabeth schien verärgert. Eine tiefe Falte bildete sich zwischen ihren Augen. »Ich treibe gar nichts, okay? Wir müssen nur was holen.«

Sie warf ihre langen blonden Haare mit einer gekonnten Bewegung hinter sich und ging weiter. Kurz riskierte sie einen Blick auf Mohammed. Er sah freundlich zu Matz herüber. Keine Spur von Feindseligkeit. Es wunderte sie. Dennoch wollte sie schnell weg von Matz. Sie musste Mohammed aus der Schusslinie bringen. Zu oft hatte sie mitbekommen, wie ihre Freunde über die Fremden sprachen.


Glücklicherweise beließ es Matz dabei. Sie schaute über ihre Schulter und sah, wie er im Klassenraum verschwand.

»Nur noch ein paar Stufen«, sagte Elisabeth, ohne Mohammed dabei anzusehen. Er folgte ihr stumm.

Am Ende des riesigen, schier nie enden wollenden, Treppenhauses erreichten sie einen Flur mit fünf Türen. Der Dachboden des alten Gebäudes verströmte einen muffigen Geruch. Elisabeth rümpfte die Nase. »Hier könnte auch mal wieder jemand putzen«, sagte sie abfällig und ließ die Türen zu ihrer Linken und Rechten hinter sich. Ihr Ziel war die letzte Tür, am Ende des Gangs.

Hier oben war niemand. Es war das Archiv der Schule. Vernachlässigte, alte Räume.

Elisabeth hatte die Tür bereits geöffnet. Vor ihr türmten sich Berge von Papier, vollgestopfte Ordner in überfüllten Regalen und eingestaubte Kartons auf.

Hustend ging sie voran. Mit einer Hand wedelte sie vor ihrem Gesicht herum. »Das ist ja widerlich hier. So viel Staub.« Erneut hustete sie.

Indes ging Mohammed staunend durch das Zwielicht. Es gab ein kleines Dachfenster, durch das nur wenig Sonnenlicht schien. Elisabeth drückte auf den Lichtschalter neben der Tür. Nichts geschah. Die Glühbirne, die von einem Kabel an der Decke herunterhing, blieb aus. Stöhnend ließ sie die Schultern hängen. »Funktioniert in dieser Bruchbude überhaupt irgendetwas?«

Kopfschüttelnd ging sie zu einem der hohen Regale. »Lass uns den Ordner für die Borchert holen und verschwinden. Ich halte es in diesem stickigen Loch nicht eine Sekunde länger aus.«

Als hätte er ihre Stimme gar nicht wahrgenommen, durchstreifte Mohammed den Raum. Hier und da verweilte er, um ein Bild oder ein Dokument in die Hände zu nehmen. Teilweise blieb er mit offenem Mund stehen und bestaunte die Relikte einer längst vergessenen Zeit.

Für Elisabeth war das alles einfach alter Plunder. Dinge, die mal dringend jemand entsorgen sollte. Nie im Leben wäre sie auf die Idee gekommen, sich hier etwas näher anzuschauen.

Für Mohammed schien die Sache jedoch völlig anders zu sein. Er wandelte durch den Raum, als wäre dieser heilig.

Irritiert über sein merkwürdiges Verhalten, sah sie ihn an. Dass sie auch noch hier war, schien er gar nicht zu bemerken. Er hatte nur Augen für all den Kram, der ihn offensichtlich faszinierte.

Entschlossen, den Ordner schnellstmöglich zu finden und wieder zurück in die Klasse zu gehen, suchte sie das Regal ab. Mit den langen manikürten Fingern fuhr sie leicht über die Ordnerrücken.

»Ah, da bist du ja.« Unschlüssig sah sie abwechselnd zu Mohammed und dann wieder auf den Ordner. Sie räusperte sich. »Ähm, könntest du wohl …« Sie zeigte auf den staubigen orangenen Ordner.

»Oh ja, natürlich.« Rasch kam er auf sie zu und zog den Ordner heraus. Nun standen sie nah beieinander. Elisabeth konnte sein Parfum riechen. Es roch frisch und männlich. Verlegen machte sie einen großen Schritt nach hinten und ging zur Tür.

Mit dem Ordner im Arm stand er da, er bewegte sich nicht ein Stück.

Verärgert drehte sie sich zu ihm um. »Was ist? Willst du hier Wurzeln schlagen? Lass uns gehen!«

Sein Blick war auf einen offenen Karton gerichtet. Als Elisabeth seinem Blick folgte, sah sie ein altes Schwarzweißfoto aus dem Karton ragen. Er stellte den Ordner ab und griff nach dem Foto. Lange betrachtete er es, dann lächelte er. »Alle sehen so glücklich aus.«

Elisabeth zögerte. Warum, um alles in der Welt konnte er nicht einfach das verdammte Ding nehmen und mit ihr runter gehen?

Schließlich ging sie auf ihn zu. Was genau sie dazu bewegte, konnte sie nicht sagen.

Als er sie kommen sah, grinste er breit und reichte ihr das Foto. »Und wie gut alle gekleidet sind. Sind das Schuluniformen?«

Elisabeth nahm das Foto entgegen. Es wies in der Mitte einen großen Knick auf und eine Ecke war ausgefranst, doch die Kinder darauf waren gut zu erkennen. Sie schüttelte den Kopf. »Nein, in Deutschland gab es noch nie Schuluniformen.«

»In Syrien schon, sie sind blau. Mein Bruder trug sie immer mit Stolz«, sagte er mit einer Spur Wehmut in der Stimme.

Uneins, ob sie etwas sagen sollte, kaute sie auf ihrer Unterlippe herum. Eigentlich hatte sie beschlossen, sich niemals mit einem von ihnen abzugeben. Es wäre doch so einfach, den Ordner zu nehmen und wieder runter in den Klassenraum zu gehen. Sie sah ihn an. Wieder standen sie nah beieinander. Zum ersten Mal nahm sie die Farbe seiner Augen wahr. Zu ihrer Überraschung waren sie grün. Es war ihr vorher nie aufgefallen.

»Wo ist dein Bruder jetzt? Ist er dort geblieben?« Sie spürte wie Mohammed innerlich erstarrte. Augenblicklich bereute sie ihre Frage.

Er sah sie an und sie konnte den Schmerz und das Leid sehen, was ihm in seinem Leben widerfahren war.

Langsam schüttelte er den Kopf und sie wusste, was er dachte.

»Es tut mir sehr leid«, sagte sie und ihre Stimme war nur ein Flüstern.

In den Nachrichten wurde viel berichtet. Aber es war doch so weit weg. Aber Mohammed war nicht weit weg. Er war hier.

Sie musste an ihre jüngere Schwester denken. Viel zu oft stritten sie sich, weil sie sich von ihr etwas lieh, ohne zu fragen. Viel zu oft stritten sie sich, weil sie ungefragt in ihr Zimmer kam, um eigentlich nur etwas Zeit mit ihr zu verbringen. Viel zu oft, dachte sie, hatte sie sich gewünscht, ein Einzelkind zu sein. Bei diesem Gedanken wand sie sich entsetzt ab. Tränen schossen ihr in die Augen. Sie war eine miese, große Schwester.

Mit erstickter Stimme sagte sie zu Mohammed: »Lass uns gehen, bitte.«

Hinter ihr warf Mohammed noch einen letzten Blick auf die Kinder, die vermutlich längst grau und alt geworden waren. Er ließ es wieder in dem Karton verschwinden. Dann nahm er den

Ordner vom Boden auf und folgte Elisabeth.

Schweigend gingen sie nebeneinander die Treppen herunter. Elisabeth sah betreten auf ihre knallroten High Heels. Gedankenverloren strich sie ihr blondes Haar glatt. Wenn sie heute nach Hause käme, wollte sie ihre Schwester fragen, ob sie gemeinsam etwas unternehmen könnten.

Neben ihr lief Mohammed mit dem Ordner im Arm. Elisabeth lächelte. »Komm, lass mich den tragen.«

Er blieb stehen und zeigte ihr seine Hände. Dreck klebte an ihnen. »Aber der ist schmutzig.«

Elisabeth grinste. »Ja, ich weiß.«

# Uwe Kerrinnes

# Freunde fürs Leben

Das Telefon spielte Doldingers Tatort-Melodie. »Frank« stand auf dem Display. Ulf ahnte unbewusst, dass sich eine Katastrophe anbahnte, als sein Kumpel sich bei ihm meldete. Frank war schon seit Monaten dem Herzinfarkt nahe. Trotz heftigster Gegensätze in vielen Ansichten bauten er und seine Freundin Ines gemeinsam ein Haus. Die beiden hatten sich auch mit ihrer Finanzplanung gehörig verrechnet und deswegen gab es zwischen ihnen immer häufiger bösen Streit. Danach rief Frank Ulf an, um ihm sein Leid zu klagen.

Ulf saß in seinem Wohnzimmer, auf dem Tisch der Whisky, auf seinem Schoß die Bassgitarre. Er zupfte und klimperte und dachte an die schöne Zeit zurück, als er noch jung war und unbeschwert. Das war längst vorbei. Sandra war jetzt seit zwei Jahren tot und er vermisste sie immer noch sehr. Aber was nützte all das Trauern? Er würde sie nicht wiedersehen. Oder doch, vielleicht eines Tages. Wobei er für sein lasterhaftes Leben, vor allem in Bezug auf seine Trunksucht, sicher in die Hölle käme, und ein Engel wie sie gehörte doch in den Himmel. Aber lag darin nicht ein logischer Fehler? Was war mit Menschen, die in den Himmel kamen und dort ihren Partner vermissten, der in heißem Schwefel badete? Waren da nicht beide bestraft? Die Frage quälte ihn, auch in seinen Träumen. Ein schwarzer Vogel kam oft darin vor, der auf einer morschen Holzstange eines dreistufigen Vogelkäfiggestells in Ulfs Wohnzimmer saß und immer wieder den Satz krächzte: »Wo ein Wille, da ein Weg.« Ulf hatte keine Ahnung, was ihm das sagen sollte. Auch wusste er nicht mehr, wann er das letzte Mal richtig erholsamen

Schlaf gefunden hatte. Jüngst hatte Ulf geträumt, dass in seinem Wohnzimmer eine Party stattfindet. Er traf dort auf Menschen, die er von früher kannte, die aber ihre Löffel ebenfalls längst schon aussortiert hatten. Sandra konnte er unter ihnen nicht entdecken. Ulfs Partygäste hatten alle einen frohen Ausdruck im Gesicht und luden ihn ein, nach der Feier mit ihnen durch eine große Tür in der Wand mitzukommen: »Komm, es ist ganz leicht. Du musst es nur selber wollen.« Ulf wollte nicht. Er wurde auch noch gebraucht. Etwa von Frank. Ulf saß jetzt also am frühen Nachmittag da mit der Bassgitarre auf dem Schoß, als das Telefon den Krimi einläutete.

»Hallo?« Ulf klang müde und ausgebrannt.

»Ulf?«, fragte eine Stimme, als ob sie nicht wüsste, dass es nur Ulf sein konnte. »Ulf? Hier ist Frank. Was machst du? Geht's dir gut?« Ulf wusste, dass es eigentlich scheißegal war, wie es ihm ging. Frank ging es um Frank.

»Ja, was ist?« Ulf war kurz angebunden.

»Ulf, ich habe gerade Ines getötet.«

Jetzt wäre Ulf der schwere Bass fast auf den Boden gerutscht. Die A-Seite brummte, als er die Tieftongitarre mit der linken Hand gerade noch zu fassen kriegte. »Du hast was?«, hörte Ulf sich fragen. »Erzähl keinen Scheiß. Wir sollten uns unbedingt mal wieder treffen. Wie wäre es mit nächster Woche?« Ulf hatte absolut keine Lust, sich auf diesen Mist einzulassen. Aber er würde es wohl müssen. Am Ende des Tages war Frank sein Freund. Jetzt musste er ihn erst einmal aufheitern.

»Machst du Witze?« Frank schien fassungslos. »Ich nicht. Wir hatten Streit und ich wollte nur noch weg. Ich sprang ins Auto, startete den Motor und wollte losfahren, da stellte sie sich mir in den Weg. Ich war so wütend, dass ich einfach Gas gab.« Frank schluckte.

Ulf schluckte auch – und zwar eine große Portion Whisky. Er

begriff jetzt, was geschehen war. »Was soll ich da machen? Du musst zur Polizei.«

»Zur Polizei?«, fragte Frank. »Was denkst du, soll ich ihnen sagen? Da kann ich mich auch gleich aufhängen. Ich brauche deine Hilfe – und zwar jetzt. Ich brauche jemanden, dem ich unbegrenzt vertrauen kann.«

»Ja, ja, ist ja schon gut.« Ulf versuchte Frank zu beruhigen, doch wie ging das bei jemandem, der gerade seine Freundin umgebracht hatte? Das war Ulf auch noch nicht klar: »Was kann ich tun, mein Freund?«

»Wir müssen die Leiche wegschaffen«, sagte Frank so bestimmt, als hätte er alles seit Jahren geplant und akribisch aufgezeichnet.

»Wie? Wohin?«

»Komm erst mal zu mir. Dann sehen wir weiter. Aber beeil dich.« Frank wirkte unruhig und fordernd. Er legte auf, ohne Ulfs Antwort abzuwarten.

Ulf trank den Rest Whisky aus und legte den Bass weg, nicht ohne noch einmal das Riff von »Another One bites the dust« zu spielen. Er zog die Schuhe an und setzte sich trotz leichter Alkoholfahne ans Steuer. Er wäre jetzt froh gewesen, wenn ihn die Polizei angehalten hätte. Aber das tat sie nicht.

Als er in Franks Straße fuhr, sah Ulf schon von Weitem seine riesige Statur. Der fette Hüne warf einen langen Schatten über die schmale Allee. Ulf überlegte einen Moment, ob er Frank nicht auch einfach über den Haufen fahren sollte.

Er stoppte kurz vor Franks ausladenden Füßen und blickte in seine rot unterlaufenen Augen.

»Hi, Ulf«, sagte Frank mit hörbar unterlegter Stimme. »Super, dass du gekommen bist. Ich wusste ja, dass man sich auf dich verlassen kann.«

»Schon gut. Wo ist sie?«

»Ich habe sie in einen Teppich eingewickelt und ihn in den Kofferraum gelegt.«

»Das ist ja total krank, Frank«, sprach Ulf entrüstet. Er stieg aus und warf einen kurzen, verstohlenen Blick auf den verschlossenen Kofferraum von Ulfs Wagen. Er sah auch die dicke Beule auf der Motorhaube. »Sie stand einfach so da und ich war so verletzt nach unserem Streit«, stammelte Frank. »Du hättest sehen sollen, wie hasserfüllt sie mich ansah. Wenn Blicke töten könnten.«

»Nun, das können sie ja dann wohl auch.« Ulf dachte daran, dass sich Sandra auch nach einem im Grunde dummen und harmlosen Streit das Leben genommen hatte. Sie hatte sich spontan und vor seinen Augen aus dem Fenster im achten Stock ihres Hotelzimmers in Berlin geworfen. Dabei hatte sie hysterisch gelacht und »Mach's gut!« gerufen. Sandra hatte es immer geliebt, das letzte Wort zu haben. Es waren wohl insgesamt zu viele Reibereien gewesen. Die dauernden Zwistigkeiten hatten sie beide zerstört. Hätte Ulf die Zeit zurückdrehen können, um alles zum Guten zu ändern, er hätte keine Sekunde gezögert. »Wo willst du die Leiche verstecken, ohne dass sie jemand findet?«, fragte er Frank.

»Ich habe da eine Idee. Aber du musst mir versprechen, dass ich dir absolut vertrauen kann und dass du schweigst wie ein Grab.« Die letzte Bemerkung fand Ulf gerade nicht sehr passend. Trotzdem versprach er Frank, kein Sterbenswörtchen zu sagen. »Im Grab von Sandra ist der beste Platz. Die zwei haben sich doch immer gut verstanden.«

Ulf war entsetzt: »Spinnst du, du fette Ratte? Das ist ja wohl die letzte Idee, auf die du in deinem Leben kommen kannst. Ich gehe sofort zur Polizei, damit sie dich für immer wegsperren.« Ulf setzte sich wieder in seinen Wagen.

»Hey, warte«, sagte Frank. »Bleib bitte hier. Wir sind doch

Freunde. Aber überlege doch mal: Wo käme wirklich niemand auf die Idee, zu suchen?«

Beim zweiten Nachdenken sah Ulf das ein. Er würde sein Gewissen für einen kurzen Moment ausschalten und Frank helfen. Ein letztes Mal. Warum er jetzt auf die absurde Idee seines Freundes eingehen wollte, wusste er nicht. ‚Nein' zu sagen war ihm immer schon schwer gefallen. Ulf stieg also wieder aus und klopfte Frank beruhigend auf die Schulter. »Okay, bringen wir es hinter uns. Am besten heute Nacht. Aber wie kommen wir an den Friedhofswächtern vorbei?«

»Daran habe ich gar nicht gedacht. Da ist ja auch nachts immer jemand da.«

»Mal sehen. Wo ein Wille, da auch ein Weg. Ich weiß zufällig, dass es immer einen Moment gibt, in dem die Friedshofswärter sich in ihrem Häuschen versammeln. Den müssen wir nutzen. Außerdem passen sie zwar gut auf, aber auf dem riesigen Friedhof können sie nicht jederzeit überall sein, und das Grab liegt am anderen Ende des Wärterhäuschens. Dort wird auch alles nicht so streng bewacht, da liegen keine Promis. Ein anderes Problem ist noch, dass der Friedhof abends abgeschlossen wird. Wie sollen wir aber über die Mauer klettern, noch dazu mit Spaten und einer Leiche im Teppich?«

»Ich nehme sie auf den Rücken, sie ist nicht schwer. Einen Spaten nimmt jeder von uns in die Hand. Das müsste gehen.«

»Gut. Außerdem lässt sich die große Eisentür von innen ohne Schlüssel öffnen. Wenn also einer schon mal drüben ist, kann er dem anderen das Tor öffnen. Zum Glück ist heute Vollmond. Da brauchen wir kein weiteres Licht.«

Die beiden setzten sich auf die Holzbank vor Franks noch längst nicht fertigem Häuschen und sagten lange nichts. Frank bot Ulf eine Zigarette an, die dieser gerne annahm. Er zog den Rauch tief in seine Lunge. Verdammt, warum konnte das Leben nicht schön sein? Das war es doch mal gewesen. Ulf und Sandra hatten einander sehr geliebt. Anfangs endete noch jeder Streit harmonisch im Bett oder anderswo. Dann hatten die Hakeleien das Kommando übernommen. Dabei hatte Ulf Sandra auch da noch genauso geliebt wie am ersten Tag. Hätte er ihr das doch nur gesagt. Ihm war, als sei ohne sie etwas Lebenswichtiges aus ihm herausgeschnitten worden. Die Schuldgefühle brachten ihn fast um.

Die beiden Freunde saßen stundenlang schweigend nebeneinander, bis es dunkel wurde. Einmal meldete sich im Kofferraum von Franks Wagens ein Handy mit Beethovens Fünfter. Er murmelte nur leise: »Sie ruft bald zurück.«

Irgendwann stand Frank auf und sagte zu Ulf: »Lass es uns hinter uns bringen.« Beide stiegen stumm in Franks Auto und fuhren Richtung Friedhof. Sie parkten den Wagen an der Friedhofsmauer. Auf dem Totenacker flackerten Lichter im Mondlicht. Frank stieg aus dem Wagen und öffnete die Kofferraumklappe. Dann stieg auch Ulf aus: »Kein Mensch zu sehen.«

Frank nickte wortlos mit dem Kopf in Richtung des oberen Mauerrandes. Er hielt seinem Freund die verschränkten Hände hin, damit Ulf leichter über die Mauer klettern konnte. Ulf stützte sich auf den Händen ab, gab sich einen Schwung und griff mit den Händen nach dem Mauerrand. Frank hob ihn fast mühelos hoch. Mann, hat der Kerl Kraft, dachte Ulf. Er konnte sich nun leicht über die Mauer schwingen und auf der anderen Seite auf den Boden springen. Ulf öffnete das Friedhofstor und Frank spazierte mit den Spaten in der Hand und dem Teppich auf der Schulter hindurch. »Wo ist es?«, fragte er.

»Da hinten bei den anonymen Gräbern.«

»Bei den anonymen Gräbern?«

»Ja. Sandra wollte nicht, dass ihr Name auf einem Stein steht. Sie wusste nicht, wozu das gut sein soll. Sie wollte auch nicht, dass irgendjemand außer mir weiß, wo die Stelle ist.«

»Ach so.«

Ulf schmunzelte. Frank glaubte aber auch alles. Ulf wusste lediglich, wo sich die anonyme Abteilung befand. Nie im Leben würde er Franks Freundin mit Sandra in ein Grab legen. Das war vollkommen absurd. Etliche Schritte später zeigte Ulf auf ein Grab ohne Stein: »Das da. Das ist es.«

Frank legte den Teppich neben das Grab ins Gras, sah sich noch einmal um und stieß einen Spaten in die Erde. »Also los. Beeilen wir uns.« Ulf nahm die andere Schippe. Beide fingen an zu graben. Plötzlich hörten sie ein Geräusch und hielten inne. Es war nur eine Krähe. »Blöder Vogel,« zischte Frank. »Machen wir weiter. Wir haben es gleich geschafft.« Ulf erinnerte die Krähe an den Vogel in seinem Zimmer. Er dachte aber nicht weiter darüber nach.

Tatsächlich. Bald schon klopften sie auf Holz. »Das ist die Kiste«, sagte Frank. »Möchtest du noch einmal hineinsehen?«

»Spinnst du? Es reicht schon, dass ich dir mit so etwas helfe. Wenn du anfängst, schlechte Witze zu machen, schmeiße ich alles hin.«

»Dazu ist es ein bisschen zu spät, findest du nicht?« Auf Franks Mund zeigte sich im bleichen Mondlicht ein finsteres Grinsen. Er strich mit einer Hand über den Sarg. »Wenn man sich vorstellt, dass alle Träume so enden, fragt man sich doch, warum man sich im Leben so abmüht. Mal sehen, jetzt müsste im Loch schon genug Platz für beide sein.« Frank betrachtete die Inschrift auf der Holzkiste genauer. »Beeil dich, wir müssen das hier hinter uns bringen«, sagte Ulf. »Es kann jeden Moment jemand kommen.«

»Aber auf der Kiste steht nicht Sandra. Da steht Gregor Wilsbach.« Frank schien verblüfft. »Wir haben das falsche Loch ausgehoben.« In diesem Moment schlug Ulf Frank kräftig mit dem Spaten über den Kopf. Frank fiel neben den Sarg und war bewusstlos. »Da ist jetzt sogar Platz für deine Größe«, zischte Ulf. Frank sollte nie wieder auf dumme Gedanken kommen.

Ulf schaufelte das Loch zügig zu. Dann packte er den Teppich. Er war viel leichter, als er befürchtet hatte. Ulf nahm ihn über die Schulter und machte sich auf den Weg zurück zum Auto. Keinen Moment zu früh, denn plötzlich sah er in der Ferne das Licht einer Taschenlampe, das sich ihm langsam näherte. Ein Friedhofswärter machte seine Runde. Er sah Ulf nicht.

Am Wagen lud Ulf den Teppich wieder in den Kofferraum. Dann fuhr er in die nächste Ortschaft und stellte den verbeulten Wagen auf dem Parkplatz eines Supermarkts ab. Dort würde man ihn und seinen Inhalt in den nächsten Tagen finden. Frank hingegen würde sicher niemand so schnell finden.

Zuhause schenkte sich Ulf einen Whisky ein und fiel dann müde ins Bett. In der Nacht hatte er wieder den Traum, dass in seinem Zimmer viele Menschen waren. Aber diesmal feierten sie nicht. Sie starrten ihn nur an. Dann luden sie ihn mit einer fordernden Handbewegung wieder zum Mitkommen ein: »Komm jetzt: Wo ein Wille, da ein Weg!« Diesmal folgte Ulf ihnen durch die große Tür. Das Whiskyglas auf dem Tisch erzitterte leicht, als die Tür zufiel und der schwarze Vogel auf dem Käfiggestell sein Gefieder zufrieden aufplusterte.

# Claudia Kociucki
# Earth revisited

»Ihr seid doch schon wieder ohne Aufsicht – das sehe ich doch!«

Die Stimme aus dem Off donnerte dermaßen durchs Universum, dass sich die Milchstraße durch den Druck eine Dimension weiterschob und der Erd-Apfel an seinem Erdachsen-Ast gehörig ins Wanken geriet.

»Mein Gott, chill mal dein Gesicht!« Karin rollte mit den Augen gen Himmel, kaute auf ihrem Grashalm herum und legte den anderen Fuß auf das andere Knie.

»Du solltest dir kein Bild von mir machen!«, wies die Stimme sie zurecht. »Woher weißt du also, wie ...?« Gottes Zorn brachte mit einer erneuten Welle das Weltkugel-Obst ins Trudeln.

»Krasser Dolby Surround-Sound! Grundgütiger ...« Abdel nickte anerkennend.

»Das habe ich gehört!«

»Jaja, deinen Namen sollten wir auch nicht in den Mund nehmen«, mischte sich Karin ein, wie immer wenig beeindruckt. »Wir haben die Anweisungen gelesen.« Sie blieb liegen und sah in aller Seelenruhe dabei zu, wie der Apfel damit beschäftigt war, sich auszupendeln. Er sah irgendwie überfordert aus. Ein kleines Blatt hatte den Halt verloren und wehte resigniert zu Boden.

»Was ist hier überhaupt los?«, donnerte Gott erneut und ignorierte fürs Erste diesen allseitigen Anflug von Aufmüpfigkeit.

»Ich hatte euch eine klar definierte Aufgabe gestellt. Da lässt man euch einmal für ein paar Jahrzehntausende allein und alles versinkt im Chaos.«

Abdel übte sich, wie üblich, im absichtsvollen Überhören von Kritik und schien am anderen Ende des Universums einem imaginären Stern beim Verlöschen zuzusehen.

»Ich habe euch etwas gefragt! Adam, Eva, ihr als Dienstälteste?«

»Ja, Gott?«, keuchte Adam, während Eva an seiner Räuberleiter emporkletterte, um die Schäden auf dem Welt-Apfel besser betrachten zu können. »Du siehst doch, wie wir uns abstrampeln! ... Sag mal, hast du zugenommen, Eva?«

»Spinnst du?« Eva rutschte beinahe unabsichtlich mit dem linken Fuß ab. »Seit wir fast alle Wege mit dem Rad erledigen und dem Industriezucker abgeschworen haben: sehr unwahrscheinlich ... Wir bemühen uns wirklich, Gott«, fügte sie schnell hinzu. »Hör auf zu wackeln, Adam!«

»Bemühen? BE-MÜ-HEN?«

Karin stellte sich vor, wie Gott rot anlief und der Blutdruck anstieg. Ob Götter eigentlich auch einen Herzinfarkt erleiden konnten, wenn sie sich aufregten? Karin kicherte, spuckte den Grashalm aus und hörte Gottes Groll beim Wachsen zu.

»›War stets bemüht‹ reicht aber nicht! Was hatte ich gesagt? ›Zweite Chance‹ hatte ich gesagt.«

»... und die letzte, ja«, gab Eva leise zu.

»Richtig! Was hatte ich noch gesagt?« Gott klang fordernd. »Vielleicht eins von den Kindern – die können sich angeblich Dinge besser merken?! Nun, Karin und Abdel?«

War Gott jetzt zum Quizmaster mutiert, oder was? Abdel probierte es weiter mit Ignoranz.

»›Verkackt es nicht wie beim letzten Mal?‹«, zitierte Karin vorsichtig.

» Kind!«, ermahnte Gott. »Achtsamkeit beginnt bei der Wortwahl. Wie war der genaue Wortlaut? Eva?«

»›Verbockt es nicht wieder‹?!«

»Exakt. Daran warst du ja nicht ganz unbeteiligt!«

»Aber die Schlange ...«

»Stopp! Das hatten wir zu Genüge ... Wie lautete der Arbeitstitel eurer Mission? Adam?« Gott klang formal.

»›Schöpfung 2.0‹?!«

»Korrekt! Wie lautete das Mantra eurer Mission? Kinder?«

Schweigen.

»Wir sind hier nicht in der Schule, es gibt keine Noten!« Gott atmete ein. »Hier geht es um euer Leben. Eure Zukunft. Nicht um die Berechnung von schiefen Ebenen, sondern darum, die Schieflagen auf allen Ebenen zu bemerken. Zu begradigen. Zu bekämpfen. Zu beenden. Also?«

Karin meldete sich und rezitierte leiernd:

»›Wir kümmern uns um das, was *er* ...«

Eva erhob den Zeigefinger:

»... oder sie!«

»... oder *sie*«, nahm Karin auf, »geschaffen hat und kümmern uns um das, was *wir* geschaffen haben. Wir halten es in Einklang und leben mit altem Wissen und neuen Werten. Wir werden es achten, teilen und pflegen, bis dass der Tod uns dahinscheiden lässt.‹«

»Aha. Ich höre die Worte, gleichwohl sehe ich die Taten nicht.«

Adam protestierte:

»Das kannst du so aber nicht sagen, Gott! Wir trennen unseren Müll, wir essen nur noch einmal in der Woche Fleisch, …«

»... wir kaufen unser Obst und Gemüse unverpackt beim Bauern«, ergänzte Eva, »und engagieren uns bei ...«

»Das reicht nicht!«, ging Gott dazwischen. »Schaut euch den Erd-Apfel an: Unten eine faule Stelle, eine Hälfte brennt, zu wenig Wasser und auf dem Grün liegt bereits ein Schatten ...«

»Das ist doch nicht unsere Schuld!«, warf Adam ein – müde von der Last, die auf seinen Schultern stand.

»Schuld, Schuld ... Wenn ich das höre! Es geht nicht um Schuld.«

»Sondern?«, wollte Karin wissen und wippte mit dem Fuß auf und ab. Die faule Stelle an der Unterseite war mit den Jahren größer geworden, das stimmte wohl. Aber was konnte man dagegen tun? Überhaupt: Wie es oben aussah, konnte man von hier unten schließlich nicht sehen.

»Wir sind zu wenige!«, klagte Eva.

»Ihr seid Milliarden!«, sagte Gott. »Wenn alle nach ihren Möglichkeiten ...«

»Was können wir denn ausrichten?«, fragte Adam. Tat er nicht schon mehr als andere? Ging er nicht schon jetzt über seine Grenzen? Kraft und Finanzen waren am Limit. Zu wenige Tropfen, zu viele heiße Steine.

»Ist es nicht eigentlich deine Aufgabe?« Abdel traute sich was.

»Meine Aufgabe? MEI-NE AUF-GA-BE?« Gott klang fassungslos.

»Na ja, so von wegen ›Verursacherprinzip‹ und so ...«

Karin grinste. Gott musste sich bestimmt gerade erst einmal einen Moment hinsetzen.

Sekundenlang war es still. Man hätte die Polkappen schmelzen hören können. Dann, als alle damit rechneten, dass Gott aufs Neue lospolterte, erklang die Stimme kaum hörbar:

»... acht, neun, zehn.« Gott atmete aus. »Jetzt will ich euch mal etwas sagen, Erdlinge: Nicht nur ihr hattet einen schweren Tag! Gut, mit Ausnahme von dir, Karin. Juckt dich alles nicht, stimmt's?« Gott seufzte. »Beneidenswert. Manchmal wäre ich gerne ein bisschen gelassener ... wie du.«

Karin runzelte überrascht die Stirn.

»Das würde euch, Adam und Eva, übrigens auch gut zu Gesicht stehen!«, fuhr Gott fort.

Karin lächelte. Die Ansage gefiel ihr. Weniger Stress für alle.

»Gelassenheit?«, lachte Adam auf. »Andere nennen es Faulheit ...«

»Besonnenheit und eine gute Beobachtungsgabe sind wichtige Voraussetzungen für sinnvolles und zielgerichtetes Handeln«, merkte Gott an. »Wilder Aktionismus bringt euch auch nicht voran. Schon vergessen?«

Eva dachte an die schmerzvolle Erfahrung bei der letzten Friedensdemo. Adam nickte, Abdel schaute weg.

»Und zu dir, Abdel: Schau hin, Herrgottnochmal! Die Probleme verschwinden nicht, nur weil du dich wegdrehst. Der Müllberg wächst trotzdem.«

»Vor allem in seinem Zimmer ...«, flüsterte Adam.

»Die leeren Pizzakartons unterm Bett meine ich nicht, Adam! Ich meine den, den ihr durch diese Kartons mitverantwortet. Dann wären da noch ...«

Abdel schaltete ab und betrachtete die Galaxie. Vielleicht gab es ja irgendwo einen Planeten, der sich als bewohnbar herausstellte. Problem gelöst. Er war immer noch in Gedanken versunken, als Karin Gottes Vortrag genervt unterbrach:

»Herrgott, wie lang geht deine Liste denn noch?«

Adam schickte ihr einen bösen Blick. So konnte man doch nicht mit Gott reden!

»Wie dem auch sei«, schloss Gott den Mahnmonolog, »ich denke, ihr habt verstanden!?«

Adam, Eva, Abdel und Karin blickten auf.

»Dann fasst bitte noch einmal zusammen, was ich euch aufgetragen habe!«

»Also doch wie in der Schule ...«, murmelten Karin und Abdel gleichzeitig – überrascht von der Tatsache, dass sie sich ausnahmsweise einig waren.

»Nun?«, drängte Gott. »Ich muss gleich weiter: Die Inspektion vom Großen Wagen steht an.« Gott hatte ein ganz schönes Tempo drauf. Erst sich zeitalterlang nicht blicken lassen und dann ...

»Also ...«, begann Eva und sah hilflos zu Adam hinunter.

»Äh ...«, stotterte Adam und sah hoffnungsvoll zu Karin herüber.

»Tja ...«, meinte Karin und sah sich die faule Stelle genauer an.

Abdel meinte nichts und sah nichts.


Gott nahm einen erneuten Anlauf:

»Kümmert euch um das, was ich geschaffen habe und kümmert euch um das, was ihr geschaffen habt. Haltet es in Einklang und lebt mit altem Wissen und neuen Werten. Ihr sollt es achten, teilen und pflegen, bis dass der Tod euch dahinscheiden lässt.«

»Aber ... das hatten wir doch schon!«, wunderte sich Eva.

»Und?«, wunderte sich Gott. »Daran hat sich auch nichts geändert.«

# Kerstin Liemann

# Integer an der Fleischtheke

Wenn man abends vor dem Spiegel steht, sich selber tief in die Augen blickt und beim Rückblick auf das eigene Verhalten am Tag zu dem Ergebnis kommt: Jawohl, das war in Ordnung so, das würde ich immer so wieder machen, weil das von mir Gesagte mit meinen Überzeugungen und moralischen Werten übereinstimmt, dann nennt man das Integrität. Dann kann man sich selber auf die Schulter klopfen und sagen: Auch wenn's für andere heute zwischendurch mal sperrig war – ich war ich selbst und damit geht's mir gut! Das ist ein durchaus erstrebenswerter Zustand, denn wie wir alle wissen, müssen wir uns selber lieben, damit wir andere lieben können.

Das gesprochene Wort hat viel Kraft, aber auch das Schweigen verfügt über eine ganz eigene, intrinsische Macht. Schweigen ist von Fall zu Fall eine ganz wunderbare Meinungsbekundung und sie ist unanfechtbar, nicht zu schlagen und kann zu höchst zufriedenstellenden Ergebnissen in Gesprächen führen – sofern man das dann noch Gespräch nennen kann, aber das nur im Nebensatz. Soweit der Theorieteil, aber wie setzt man das im Alltag um? Ein Beispiel aus der Praxis:

Es ist Samstag und ich gehe in der Mittagszeit in den Supermarkt meines Vertrauens. Dabei handelt es sich um einen recht kleinen, aber feinen Laden, in dem die Mitarbeiter seit Jahren die gleichen sind, wo die Eigentümer mit anpacken und der Kunde König ist. Letzteres wird auf verschiedenste Weise angenommen: Da dürfen Senioren schrullig sein, Kinder durch die

Gänge wuseln und Menschen wie Du und ich werden an die Hand genommen und geduldig bis zur gesuchten Ware geführt. Und dann gibt es noch die First Class-Kunden. Das sind die, die von sich annehmen, sie seien nur einem unglücklichen Umstand zufolge, und daher irrtümlich, nicht in den Adelsstand geboren worden. In Anbetracht dieser Tatsache fühlen sie sich dazu berufen, ihre Umwelt mit einer Arroganz zu traktieren, die die Angestellten zu Höchstleistungen in devotem Verhalten nötigt und mich persönlich sehr oft ratlos zurücklässt. Meist lässt sich nämlich nicht herausfinden, worin sich dieses überbordende Selbstbewusstsein begründet. In meiner Wohngegend gibt es sie tatsächlich noch zuhauf: die Arztfrauen und Unternehmergattinnen, die reichen Söhne und Töchter, die Erben. Reichtum durch Eigenleistung ist, meiner persönlichen Statistik nach, eher selten zu finden. Und scheinbar gilt: Je geringer die Eigenleistung, desto exaltierter das Verhalten. Aber ich muss auch zugeben, dass ich diese überkandidelten Exemplare der menschlichen Spezies eigentlich sehr gerne mag – sie haben im Alltag einwandfrei den größten Unterhaltungswert.

Ein solches Exemplar steht ganz offensichtlich vor mir an der Fleischtheke. Auf dem Weg dorthin denke ich noch bei ihrem Anblick: *Schönes Mäntelchen hat sie an! Sehr schön und vermutlich sehr teuer. Chic, chic,* hätte ich auch gerne. Ich bin ein bisschen neidisch. Aber es sei ihr gegönnt. Während ich so da stehe und auf die Angebotsplakate schaue, höre ich plötzlich das Geräusch einer alten Hupe. Denke ich. Nach einigen Sekunden begreife ich, dass es die Stimme der schönbemäntelten Kundin vor mir ist und denke betroffen und ziemlich genau in dieser Reihenfolge: *Um Himmels willen! Ist diese Stimme echt? ... Nein, das kann nicht sein! Sie muss krank sein! ... Nein, ist sie nicht. Scheint normal zu sein. Oh Gott, hat man mit dieser Stimme Sex?*

Ich schelte mich für diesen wirklich niveaulosen gedanklichen Aussetzer, widme mich wieder der Auslage und versuche, mich auf meinen Einkauf zu konzentrieren. Dann höre ich die mit dickem Goldschmuck behangene Mittfünfzigerin bar jeder Höflichkeit tröten: »Gulasch. Aber nicht das fertig geschnittene, das scheint mir minderwertig zu sein. Vom Stück. Zwei Kilo. Vom Rind. Und dann aber auch noch vom Schwein. Auch zwei Kilo. Alles als Gulasch geschnitten natürlich.«

Ich schaue auf und versuche blitzschnell, im Blick der Fleischerei-Fachverkäuferin einen kurzzeitigen Widerstand zu entdecken. Nichts. Ich bin zutiefst beeindruckt ob dieser Contenance. Das muss jahrelanges Training sein, das ist ganz große Schauspielkunst! Oder Phlegma? Auch möglich. Vermutlich ist das in diesem Laden Einstellungsvoraussetzung. Als die Fachfrau zu schneiden beginnt, wird mir klar: Möglicherweise werde ich diesen Laden erst wieder nach Einbruch der Dunkelheit verlassen. Nur, weil die hochwohlgeborene Hupe sich zu fein oder mit ihren hochpreisig gestylten Designernägeln nicht dazu in der Lage ist, das Fleisch selber zu schneiden. Sie ist übrigens in der Zwischenzeit von dannen gezogen und erledigt ihre Resteinkäufe. Hinter mir haben sich mittlerweile fünf Mitbewerber eingefunden.

Ich versuche, der Fachverkäuferin meine Empathie zu vermitteln – und zugegebenermaßen will ich meine Phlegma-Theorie überprüfen – indem ich sage:

»Es ist beeindruckend zu erleben, mit welcher Nonchalance manche Menschen mit der Lebenszeit anderer umgehen.« Keine nennenswerte Reaktion. Die Fachfrau lächelt kurz und schneidet weiter. *Aha!*, denke ich, *Phlegma! Oder sklavische Ergebenheit? Eine masochistische Grundhaltung?* Schon wieder eine neue Theorie – die ich jedoch nicht zu Ende denken kann, denn die Berufs-Egozentrikerin tänzelt wieder ins Bild. Ich spüre in mich hinein, bemerke eine gewisse und nicht zu ignorierende emotionale Schieflage ob des – im eigentlichen Sinne des Wortes – asozialen Verhaltens der Schreckschraube. Naja, und zusätzlich einen erhöhten Blutdruck. Ich befürchte, hier wird gerade meine Grenze überschritten. Ich erinnere mich daran, integer sein zu wollen und entschließe mich, meine Meinung zur Sachlage zu äußern. Es muss raus, wenn ich mit mir selber heute Abend beim Blick in den Spiegel glücklich sein möchte.

Ich sage also mit freundlicher Stimme: »Ich danke Ihnen dafür, dass Sie mir mit Ihrer Weigerung, das Fleisch selber zu schneiden, echte Lebenszeit stehlen.«

Fast jedenfalls. Ich komme lediglich bis: »Ich danke Ihnen, dass Sie ...«

Was dann einsetzt, ist ganz großes Kino! Sie wendet sich mir zu, geht in eine geduckte Angriffshaltung, rafft die Schultern und schreit mich an, dass mir die Haare wehen: »Was soll das denn, bitte schön, heißen?«

Wohlbemerkt – ich hatte inhaltlich noch gar nichts beitragen können.

»Ich kann mir hier so viel Fleisch schneiden lassen, wie ich will! Und wenn ich mir ZEHN Kilo Fleisch schneiden lassen will! Das geht Sie überhaupt nichts an! Wenn Sie gleich dran sind, ...« Und ich denke: *Jaja, WENN ich gleich dran bin ...* »dann wollen Sie doch auch, dass Sie das Fleisch kriegen, das Sie wollen!«

Aha, jetzt ist es raus! Die Nobeltussi ist rhetorisch allenfalls Mittelklasse. Ich ›kriege‹ höchstens eine Krise, ansonsten heißt es ›bekommen‹. So viel Niveau muss sein. Ich ahne aber, dass sie meiner bildungssprachlichen Spitzfindigkeit nicht mit der nötigen Offenheit begegnen wird, verweigere ihr diese Fortbildung und entscheide mich Dank meiner unlängst erworbenen Weisheit für das Schweigen.

In der Zwischenzeit wettert sie weiter. Ich widerstehe dem Impuls, ihr direkt eine reinzuhauen. *Das muss der Neandertaler in mir sein*, denke ich, während ich diese Option verwerfe, *erstaunlich, wie hartnäckig der sich hält*. Stattdessen wechsele ich von der Gesprächspartner- in die Beobachterposition, denn für ein Gespräch braucht es zwei. Die Gute ist aber weder Willens noch in der Lage dazu, mit mir ein Gespräch zu führen. Sie brüllt weiter und ich muss leider zugeben, dass mir der Inhalt der letzten Sekunden vollkommen entgangen ist, weil ich mich ganz dem Surrealismus und der fast künstlerischen Ästhetik des Augenblicks hingegeben habe. Ich erwäge kurz, Sie zu bitten, das Letztgesagte zu wiederholen, lasse aber von dem Versuch ab. Schon allein, weil ich nicht weiß, ob im Falle ihres Kollabierens ein Arzt zugegen sein würde. Und mal ehrlich: Das Ganze ist zwar Amusement auf ganz hohem Niveau, aber man muss auch wissen, wo die Grenze ist. Das ist eine Frage des Stils und der guten Kinderstube.

Allerdings liegt dieser Verhaltenskodex nicht im Rahmen IHRER Möglichkeiten. Sie schnauzt mich an, dass es eine Art hat und die Tatsache, dass ich mich auf ein erheitertes Lächeln und Schweigen reduziere, scheint ihre Erregung auf ein Höchstmaß zu treiben. Ich denke: *So viel Spaß für so wenig Geld*. Mittlerweile speit sie die Worte regelrecht aus und mit ihnen leider auch ein gerüttelt Maß an Sekret, denn sie hat schon längere Zeit weder geatmet noch geschluckt. Die Sache droht zu kippen, ihr Anblick ist entwürdigend. Ihr Gesicht ist puterrot, als sie endlich Luft holt und ihr der Text ausgeht.

Wie auf Zuruf erscheinen nun hinter der Theke zwei weitere Fachverkäuferinnen und ich bin sicher, es handelt sich um einen Deeskalationstrupp, der von der obersten Heeresleitung blitzschnell an die Verkaufsfront geschickt wurde. Laut und vernehmlich ruft eine von ihnen: »Wer ist dran, bitte?« und ich spüre förmlich, wie die Schlange der Kombattanten hinter mir kollektiv aufatmet. Fast ein wenig traurig, dass der Spaß nun vorbei ist, mache ich auf mich aufmerksam und bestelle ein Schweinefilet. Am Stück.

»Nein danke, das ist alles«, antworte ich freundlich auf die entsprechende Frage. Dann wende ich mich der Furie zu und sage: »Ich wollte mich übrigens tatsächlich bei Ihnen bedanken, aber das ist ja leider etwas untergegangen.«

Sie starrt mich feindselig an.

»Gulasch habe ich auch EWIG nicht gehabt und ich bin für solche Impulse immer sehr dankbar. Oft fällt mir schon gar nicht mehr ein, was ich noch kochen könnte.« Ich lächle sie freundlich und geradezu mütterlich an, als ich ihr den Todesstoß versetze: »Aber jetzt wünsche ich Ihnen erst einmal ein schönes Wochenende. Sie sollten ein wenig entspannen.«

Während ich versonnen Richtung Kasse schlendere, denke ich über das Geschehene nach. Ich bin froh, ihren Angriffen nicht mit einem rhetorischen Bonmot wie dem Malmsheimer-Zitat »Ungeziefer möge in Ihrer Arschfalte nisten!« begegnet zu sein – ein solcher Satz hätte sich möglicherweise als kommunikationsstörend erwiesen und uns in eine zwischenmenschliche Sackgasse befördert. Wie froh ich bin, mich im Griff gehabt zu haben! Ich habe dem Schweigen den Vortritt gelassen und bin sehr, sehr glücklich darüber.

Mit einem Hochgefühl und tiefer, innerer Zufriedenheit schwebe ich praktisch an Keksen, Konfekt und Kaffee vorbei, greife in einem Anflug echten Mitgefühls eine Packung Beruhigungstee und werfe sie ihr im Vorbeigehen unauffällig in den Einkaufswagen. Ich bin sicher, sie ist mir dankbar. Sie kann es nur nicht so zeigen.

# Annie Schalkowski
# Mit Meerblick

Salz auf der Haut, grenzenlose Ferne,
Tagsüber Sonne, glitzernde Wärme.
Nachtblauer Himmel, Millionen kleiner Sterne.
Paradiesisch und sicher, so hat es der Mensch gerne.

So protzig, so beliebt, das mächtige Schiff,
Cocktails in der Hand, Lächeln im Gesicht.
Kein Gedanke verschwendet an das Boot ohne Licht.
Aus der Vier-Sterne-Kabine sieht man das Elend ja auch nicht.

Freiheit! Ganz egal, zu welchem Preis,
Das wird für sie zur Wirklichkeit.
Wochen an Bord in Unwissenheit
Werden Familien zerrissen und Krankheiten geteilt.

Sie spüren nackte Angst ums eigene Leben!
Ihr hebt das Glas, während ihre Herzen beben.
Das Meer, ein kalter Fluch und doch ein Stück Segen,
Ihre einzige Chance, von Wellen umgeben.

Die Flucht aus dem Alltag ist Realität,
Was ihr durch das Fernglas anscheinend nicht seht.
Sie bangen und sterben, halten fest am Gebet,
Während eure heile Welt sich problemlos weiter dreht.

Ist für euch Land in Sicht, erntet ihr noch Applaus.
Und für sie gehen nicht mal die Grenzen auf.
So wird der Anker gelegt, eure Ankunft tosend empfangen.
Und für sie fängt der Kampf aufs Neue an.

# Melina Schalkowski

# Man muss sich vielleicht einfach mal trauen

Es war ein Tag wie jeder andere Tag im Jahr. Mein Besitzer gab mir Futter, Wasser und dazu noch einen kleinen extra Kräcker. Danach ging er fort.

Der Ablauf ist mir bekannt. Doch diesmal war etwas anders, und zwar sehr anders!

Denn mein Besitzer hat meinen Käfig offengelassen. Das macht er sonst nie! Was soll ich denn jetzt tun?! Ich war noch nie allein auf mich gestellt. Mein Besitzer war immer da, wenn der Käfig offen stand und sagte mir, was ich zu tun habe. Doch jetzt … ist er weg! Normalerweise klettere ich immer auf seinen Arm. Doch er ist ja nicht da. Heißt das, ich klettere jetzt einfach selbst heraus? Aber ist das wirklich eine gute Idee? Was ist, wenn ich runter falle und mir was breche?

Nein, das ist keine gute Idee! Keine gute Idee … ganz und gar nicht gut! Aber wenn es gut läuft, dann … dann hab ich das Problem gelöst. Na, was soll's? Ich versuche es! So, jetzt einfach durch die Tür, dann festhalten und nach oben. Komm schon, einfach nach oben. Ich kann kann das … na los. Ohje, ich feiger Vogel! … Ich kann das doch nicht allein. Ich brauche Hilfe … ja. »HIIIILLLFFFEEEE!!!« … Ach ja, keiner da. (Seufzer)

In was für eine Situation hat man mich bloß rein geritten? Ich muss das jetzt irgendwie alleine schaffen! Komm jetzt! Eine Kralle nach der anderen … Puh … geschafft! Ich bin oben! Und das ganz allein!

Aber was nun? Hmmm. Ah! Ich kann nach draußen gucken! Das ist eine meiner Lieblingsbeschäftigungen! Also neben Essen und Schlafen. Mal sehen, was es draußen gibt.

Nichts. Es ist nichts los. Da ist ja sogar der Mist im Fernsehen interessanter! Und dafür habe ich mich hier hochgehangelt? Für nichts?!

Die ganze Arbeit und mein Mut, für eine leere Aussicht? Da gehe ich doch lieber wieder zurück in meinen Käfig.

In der Ferne ertönt plötzlich eine Melodie. *Was ist das?*, frage *ich mich. Etwa der Gesang eines freien Vogels?*

Ich bewundere diese freien Vögel ja sehr. Sie schaffen es, ganz alleine für sich selbst zu bestimmen. Ohne die Hilfe von anderen. Sie holen ihr Futter selber, ihr Wasser und bauen sich sogar ihr eigenes Zuhause selbst. Sie schaffen es, selbstständig zu leben. Sie haben ihren eigenen Weg gefunden. Und was hab ich? Ich schaffe es gerade, nach mehreren Panikattacken, meinen Käfig hochzuklettern! Ich bin ein unselbstständiger, kleiner, feiger, Vogel. Ich würde es doch nie schaffen als freier Vogel. Ich würde mir bestimmt beim ersten Sturzflug was brechen oder keine Würmer finden und verhungern. Ich könnte auch zu unerfahren sein, um ein Nest zu bauen. Außerdem war ich noch nie ein guter Flieger, also würde ich die lange Reise in den Süden auch nicht überleben! Und dann noch die unzähligen Fressfeinde. Die erste Katze, die mich erblicken würde, wäre wahrscheinlich mein Endgegner. Allein bei dem Gedanken bekomme ich Panik. Ach, Mensch, warum bin ich bloß alleine? Ich hoffe, mein Besitzer kommt einfach bald wieder zurück. Denn dank ihm muss ich mich um nichts kümmern. Ich kriege jeden Tag etwas zu essen und zu trinken. Ich habe Gesellschaft, auch wenn diese aus meinem auf den Fernseher fokussierten Besitzer besteht. Ich habe hier keine Feinde. Und bin niemals in Gefahr. Ja, hier bin ich sicher! Es gibt im Grunde nichts zu bemängeln. Aber dennoch scheinen die freien Vögel da draußen glücklicher zu sein als ich. Ich kann es ihnen ja auch nicht verübeln. Trotz aller Gefahren und Unsicherheiten fliegen sie herum und singen. Sie leben frei und selbstständig, wie es ihnen gefällt und nicht wie jemand anders es ihnen vorgibt. Ist das nicht eigentlich auch der Sinn? Sein eigenes Leben selbst zu gestalten?

Die Frage ist ja wohl eher: Kann das auch jeder? Auch ein unerfahrener behüteter Vogel wie ich? Naja, vielleicht bin ich so, wie ich bin, auch nur, weil ich es ja auch nicht anders kenne. Ich bin schon immer hier, wie viele meiner Vorfahren auch schon. Das ist halt Tradition. Und wir alle haben es gleich getan und überlebt. Also was ist schlimm daran, zu blieben? Vielleicht die Frage, ob es erfüllend ist, immer das Gleiche zu machen und nie etwas Neues zu versuchen? Ist es wirklich richtig, immer das Gleiche zu tun, wie alle anderen auch, nur weil es davor funktioniert hat? Was hat denn dieses sichere Leben meiner Vorfahren gebracht? Naja, wenn ich ehrlich bin, eigentlich nur ein stumpfes Überleben in Einsamkeit, was sehr merkwürdig ist, wenn man von einem Menschen umgeben ist!

Aber wäre ich da draußen, dann könnte ich so leben, wie ich es will. Klar, ich wäre immer noch einer von vielen Vögeln, aber ich wäre der eine von vielen Vögeln, der seine Identität findet. Also wage ich es doch. Ich nutze die Flügel, die mir gegeben sind und fliege in meine Unabhängigkeit. Das ist es, was für mich ein Leben definiert. Unsicherheiten, Gefahren, Probleme, Feinde, Verletzungen, Abstürze, Alleinsein, Angst, Selbstzweifel und so vieles mehr. Das Leben ist nun mal nicht einfach, aber genau das macht es lebenswert. Jedes Scheitern ist den Versuch wert.

Also fliegt er los, der kleine Vogel, in die Welt, die er so oft beobachtet hat, aber noch nie wirklich gespürt. Er traut sich und wird damit belohnt zu erfahren, wie sich Ungewissheit anfühlt und zu Mut und Tatendrang wird. Man kann nur sein Leben auch wirklich sein eigenes nennen, wenn man es schafft, sich von den sicheren und alten Kenntnissen zu trennen und etwas Neues auszuprobieren. Damit man am Ende etwas bewirken kann, auch wenn es nur für sich selbst ist.

Denn das Leben ist nur lebenswert mit jedem Stein, der im Weg liegt, mit jedem Dorn, an dem wir uns stechen und jeder Zitrone, von der wir uns schütteln, denn so lässt sich die Erfüllung der Freiheit, die wir schmecken, letzten Endes am besten genießen.

# Sylvia Seelert

# Wenn der Apfel fällt

Kiru war unsicher, wie lange er das noch aushalten würde. Die Sonne brannte ihm auf den Nacken. Er rieb seine feuchten Hände an der beigen Short ab. Sein rotes T-Shirt hatte bereits weiße Salzflecken gebildet. Alter Schweiß, neuer Schweiß. Immer wieder leckte er mit der Zunge über seine trockenen Lippen. Der Spätsommer hatte sie mit seinen heißen Klauen fest im Griff. Wie verheißungsvoll waren da die roten Äpfel in Abbas Garten. Sie hingen wie große Kirmes-Paradiesäpfel am Baum, bereit verzehrt zu werden.

»Wenn der Apfel fällt, dann bist du einer von uns«, hatte Lukas gesagt.

Lukas, der Anführer der Ostviertel-Gang. Sein Territorium zog sich von der Zeppelinstraße mit den alten Bungalows bis zur Breitbachstraße, den ersten Ausläufern der alten Zechensiedlung. Hier befand sich die Schnittstelle zu einem arabisch geprägten Viertel. ›Die Straße der Syrer‹, murmelten die Bungalow-Bewohner und meinten das nicht freundlich. Und Lukas war einer von ihnen. Sein Vater war im Stadtrat und angesehener Betreiber einer Autowerkstatt für Oldtimer. Seine Mutter Chefsekretärin in der Klotz AG, die auf Betonbohren und -sägen spezialisiert war. Lukas Codename in der Gang war Anakin Skywalker. Und er war jenem düsteren, jähzornigen Charakter aus den Star Wars-Filmen sehr ähnlich. Etwas Dunkles trieb ihn an, lag in den Schatten seiner Augen. Er war das unangefochtene Haupt der Gang und verehrt von seinen Mitgliedern. Sie streiften durch die Straßen wie die Könige und verlangten Wegzoll von den Kids, die nicht dazugehörten. Süßigkeiten, Geld, Smartphones und kleine Gefallen. Lukas entschied über die Abgaben je nach Herkunft und Möglichkeiten.

»Du benutzt unsere Wege, dann musst du bezahlen! Ich will gerecht sein. Darum erzähle mir deine Geschichte!« So begann stets seine Ansprache, wenn wieder ein armes Opfer in den Schuppen von Mister Taubkopp gezerrt wurde. Taubkopp deshalb, weil der alte Mann so stocktaub war, dass er noch nicht einmal das Klingeln der Haustür hörte. Es war ein ideales Versteck für die Bande. Durch ein Loch im Drahtzaun gelangten sie auf sein verwildertes Grundstück. Der alte Mann hatte niemanden, der sich um den Garten kümmerte. Und er selbst konnte es schon lange nicht mehr. Und so hatte die Gang den langsam verfallenden Schuppen in Beschlag genommen. Sie hausten zwischen zerbrochenen Gartenharken, maroden Holzkisten, verblichenen Plastikgartenstühlen, die wohl mal blau gewesen waren, einem verstaubten Rasenmäher der Marke Knirps, dem ein Rad fehlte, und einem Regal, vollgestopft mit leeren Granini-Flaschen, Ölkanistern und rostenden Gartenwerkzeugen. Hier stand dann das arme Opfer vor Lukas, der gerne zu der Astschere griff und demonstrativ mit dieser die Luft zerschnitt.

So war es auch Kiru ergangen. Die Hitze des Sommers führte dazu, dass die alten Gerüche von Öl, Schmierfett und Staub unangenehm schwer in der Luft hingen. Er spürte, wie seine Knie schlotterten. Er war von Lukas fasziniert, weil er fast liebevoll und sanft mit ihm sprach. Und doch war da auch eine unduldsame Härte in seinem Blick, die ihm sagte, dass die Schere in seiner Hand nicht nur ein Spiel war, das er betrieb, um die Zeit zwischen seinen Worten zu überbrücken.

Als Lukas ihn aufforderte zu erzählen, sprudelte es aus Kiru heraus. Er wohnte erst seit Kurzem mit seinem Vater in dem Viertel. Sie zogen häufig um, weil wieder etwas mit Papas Job war. Es hielt ihn nie lange in einer Stadt. Immer wenn sein Vater anfing, mit glasigen Augen und Alkoholfahne nach Hause zu kommen, dann wusste Kiru, der nächste Umzug ist nicht mehr fern. Obwohl er immer versprach: »Das ist es jetzt, Kiru. Das ist mein Traumjob. Der Chef ist spitze, das Team ist gut, die Bezahlung mega. Jetzt starte ich durch. Kein Umzug mehr!« – war es doch jedes Mal eine Lüge. Dann wünschte sich Kiru seine Mutter herbei. Er erinnerte sich an die fröhlichen Lieder, die sie mit ihnen gesungen hatte. Kochte sie das Essen, sang sie mit Kiru »Lirum, Larum, Löffelstiel, alte Weiber essen viel«. Zu Weihnachten schmetterte sie »Macht hoch die Tür, die Tor macht weit«, und wenn sie auf ihren Mann wütend war, summte sie »Der Hahn ist tot, Der Hahn ist tot, er kann nicht mehr kräh'n«. Doch ihr liebstes Lied war »Ich ging ganz früh im kühlen Tau | Zur grünen Au | Und wollte Blumen pflücken.« Dann ging sie summend in den Garten, pflückte die Gänseblümchen und flocht einen Kranz daraus. Den setzte sie auf Kirus Kopf und flüsterte ihm zu: »Mein kleiner Prinz.« Sie war ihm dann so nah, dass er ihren Pfirsichgeruch einatmen konnte. Und er spürte die weichen Lippen auf seiner Stirn, wenn sie ihn sanft küsste. Er dachte dann immer, dass ihm gleich vor Glück das Herz zerspringen würde.

Doch dann fraß ein Monster ihr Gehirn und seine Mutter verschwand, noch bevor sie tot war. Und so wie seine Mutter dahinsiechte, heftete sich Tag um Tag die Alkoholfahne an den Körper seines Vaters.

Kiru wollte nicht weinen, als er Lukas seine Geschichte erzählte. Denn mit vierzehn war er jetzt groß und seine Mutter schon fünf Jahre tot. Doch die Dunkelheit in Lukas Augen verstand die Dunkelheit in seinem Herzen und schon kullerten die ersten Tränen. Lukas hatte nur genickt und Kirus Schultern umfasst.

»Du gehörst zu mir«, hatte er ihm dann gesagt. »Ich wähle für dich die Mutprobe!« Nach dieser Ansage fingen alle um ihn herum an zu grunzen und mit den Füßen auf den Boden zu stampfen, dass die Flaschen im Regal klirrten und die Gartenwerkzeuge auf ihren Plätzen tanzten.

»Du wirst das siebte Mitglied, wenn du uns einen Apfel aus Abbas Garten holst«, hatte er ihm mit funkelnden Augen verkündet. Bei dem Namen Abbas spuckten alle auf den Boden und murmelten: »Der Verfluchte«.

Abbas war groß und stämmig, seine schwarzen Barthaare wanden sich in großen Wirbeln rund um sein Gesicht und verschmolzen fast mit seinen ebenso schwarzen, krausen Haaren. Manchmal bändigte er seine lange Mähne mit einem Band. Eine Augenbinde verdeckte den Verlust seines rechten Auges. Das linke Auge funkelte in hellem Blau und eine Narbe zog sich quer durch sein Gesicht. Er stützte sich auf einen Ebenholzstock mit goldenem Griff. Das rechte Bein wollte ihm nicht immer Halt gewähren. Er knurrte nur, wenn er die Jungs sah und drohte mit seinem Stock, wenn sie ihm zu nahe kamen.

Nun stand Kiru schwitzend und aufgeregt vor seinem Gartenzaun. Abbas ging jeden Tag um 16 Uhr zu seinem Nachbarn

Tarek, um mit ihm Tee zu trinken und Kalaha zu spielen. So wie auch heute. Die Luft war rein. Dennoch grub die Angst ihre Klauen in Kirus Körper und schüttelte seine Knochen durch. Dann dachte er an Lukas sanften Blick, wie dessen Hand auf seiner Schulter gelegen hatte, wie ein Vater, der seinen verlorenen Sohn gefunden hatte.

Kiru straffte seine Schultern, vergewisserte sich, dass auch niemand auf der Straße unterwegs war und kletterte dann auf die Mülltonnen vor dem Zaun, um in den Garten zu gelangen. Er verfluchte sich, dass er nicht an Handschuhe gedacht hatte. Denn die spitzen Enden des Drahtzaunes bohrten sich unangenehm in seine Hände.


Auf den Baum zu klettern war für ihn ganz leicht. Er liebte Höhen und kletterte im Sportunterricht flink wie ein Eichhörnchen das dicke Seil zur Decke der Turnhalle hoch. In der Höhe hatte er den Überblick und fühlte sich frei. Lächelnd pflückte er den dicksten Apfel, den er finden konnte.


»Wenn du schon da oben bist, dann kannst du auch die restlichen für mich pflücken!«

Kiru zuckte so heftig bei dem tiefen, kratzigen Ton der Stimme zusammen, dass er den Apfel fallen ließ.

Abbas stand unter dem Baum und blickte zu ihm hoch. Sein Auge funkelte ihn verächtlich an. Langsam bückte sich Abbas zu dem Apfel, der vor seine Füße gerollt war.

»Den musst du dir verdienen!«

Er steckte ihn in die Tasche seiner Strickjacke. Dann schlurfte er zum Stall, holte einen Eimer hervor und reichte ihn mit seinem Stock Kiru hoch, der noch immer wie versteinert auf seinem Ast hockte. Automatisch nahm er den Eimer entgegen.

»Na los, worauf wartest du?«, raunzte Abbas ihn an.

Wie ferngesteuert fing er an, die Äpfel zu pflücken und in den Eimer zu legen. Er hörte damit auch nicht auf, als Abbas ins Haus verschwand. Als ob sein Leben davon abhing, den Eimer vollzubekommen. Als keine der roten Früchte mehr in den Behälter passte, stand Abbas schon unten bereit, um ihm den Eimer abzunehmen. Mit zittrigen Knien schwang sich Kiru vom Baum herab und stand mit gesenktem Kopf vor dem großen Syrer.

»Komm mit«, herrschte Abbas ihn an. Und so trottete Kiru hinter ihm her ins Haus. Die Klauen um seinen Magen drückten fester zu. Im Haus war es angenehm kühl. In der Küche stand ein Samowar, der leise vor sich hin brodelte. Der Tisch war mit zwei Tassen und einem Teller mit pistaziengefülltem Baklava gedeckt. Abbas hob die Teekanne vom Samowar herab und füllte die Tassen bis zur Hälfte mit schwarzem Tee. Den Rest füllte er mit heißem Wasser nach.

»Du musst ihn süßen, dann schmeckt er besser!«, forderte Abbas Kiru auf und hieß ihn mit dem Nicken seines Kopfes, Platz zu nehmen. Schweigend tranken sie Tee.

»Ihr Jungs meint, mutig zu sein. Doch ihr wisst gar nicht, was wahrer Mut ist!«

Nachdenklich streichelte er über die Narbe in seinem Gesicht. Sein Auge ruhte auf dem Jungen. Für einen Moment sah Kiru in der Tiefe seines Blickes eine Geschichte aufblitzen, die seine eigene Dunkelheit verstand. Dann wurde Abbas Blick wieder hart und abweisend, sodass Kiru sich nicht mehr sicher war, ob er tatsächlich etwas wahrgenommen hatte.

»Beim nächsten Mal klopf an, wenn du mir beim Apfelpflücken helfen willst!«, knurrte Abbas ihn an. Er legte Kiru den Apfel hin, der heruntergefallen war. Zusammen mit einem 10 Euro-

Schein.

»Komm morgen zur gleichen Zeit wieder. Dann vollenden wir das Werk. Tarek ist krank und wird sich über frisches Obst freuen.«

Kiru schnappte sich den Apfel und das Geld und rannte aus dem Haus, hechtete durch die Straßen, bis er schwer atmend auf seinem Bett lag.

»Alles klar, bei dir, Junge?«, rief sein Vater zu ihm hoch. Langsam drehte er den Apfel in seiner Hand. Schließlich biss er herzhaft hinein. Er schmeckte süß und saftig. Und Kiru spürte bei jedem Biss, dass er mehr davon haben wollte.

# Margarethe Welslau
# Der letzte Triumph

Lautes Poltern drang durch die Zimmerdecke, gefolgt von einem dumpfen Aufschlag, wie von einem fallengelassenen Sandsack. Helga nahm ihre Lesebrille ab und schaute mit sorgenvollem Blick nach oben.

»Nicht schon wieder?«, raunte sie, legte ihren Krimi zur Seite und hievte sich stöhnend aus dem tannengrünen Ohrensessel. Sie schlüpfte in ihre Plüschpantoffeln und schlurfte zur Wohnungstür. Die linke Hand auf der Klinke horchte sie auf die Geräusche im Treppenhaus. Als sie hastige Schritte hörte, riss sie die Tür auf. In einer einzigen fließenden Bewegung packte sie die Nachbarin am Arm, zerrte sie in die Wohnung und knallte die Tür wieder ins Schloss. Während der Mann draußen weitertobte, bugsierte Helga die junge Frau in die Küche und reichte ihr einen Beutel Tiefkühlerbsen.

»Was war es denn dieses Mal? Und erzähl mir bloß nichts von Hängeschränken, die plötzlich aufspringen oder einer spontanen Sturzneigung!« keifte sie. Sofort bereute Helga ihren barschen Tonfall. Aber es machte sie so schrecklich wütend, wenn sie sah, was dieser Mistkerl mit der sonst so toughen Laura tat. Sie könnte ihm den Hals umdrehen, ihn teeren und Federn, mit blankem Hintern auf einen Ameisenhaufen setzen und weiß Gott was noch alles. Um ihren Zorn wieder in den Griff zu bekommen und Laura die Gelegenheit zu geben sich zu sammeln, wandte sich Helga ab und kochte erst mal Tee.

»Das blaue Auge war ein Versehen«, murmelte Laura hinter ihr. »Martin wird sich bestimmt entschuldigen, sobald ich nach

Hause komme.«

»Allzu lange dauert seine Reue nicht an«, grummelte Helga. »Und weder weiße Rosen, noch teurer Schmuck geben dir deine Würde zurück.« Sie stellte zwei Becher auf den Tisch und goss ihnen Tee ein. Zusammengesunken saß Laura leise weinend da, die Erbsen auf ihre Wange und den Blick fest auf die Bodenfliesen geheftet. Helgas Wut verrauchte augenblicklich und das Herz wurde ihr schwer. Sie nahm ihre Nachbarin in die Arme und streichelte ihr sanft über den Rücken.

»Weine, meine Liebe, weine tausend Tränen. Und wenn sie getrocknet sind, wirst du aufstehen und wir treten diesem feinen Herrn Anwalt in seinen knochigen, fiesen Hintern«, sprach Helga ihr gut zu. Sanft schob Laura ihre Freundin von sich.

»Du weißt genau, dass ich ihn nicht verlassen kann. Wegen Melissa«, sagte sie und wischte sich mit dem Ärmel über das Gesicht. Helga wusste, dass Laura einen Teil ihres Lebens auf der schiefen Bahn verbracht hatte. Mehr als einmal hatte Martin gedroht, sich das zunutze zu machen und ihr die gemeinsame Tochter wegzunehmen, sollte sie jemals versuchen ihn zu verlassen. Wem würde das Gericht mehr glauben: einem angesehenen Juristen oder einer Ex-Junkiebraut?

»Martin vergöttert Melissa«, sagte Laura, fast als hätte sie Helgas Gedanken gelesen. »Wenn sie aus dem Internat da ist, ist er normalerweise anders. Dann ist er wieder der Mann, in den ich mich damals verliebt habe.«

»Bis heute.«

»Bis heute.«

Eine Weile saßen sie einfach nur da, jede in ihren eigenen Gedanken versunken. Den Trubel im Treppenhaus bemerkten sie nicht. Laura ging zum Fenster und schaute in den wolkenverhangenen Himmel.

»Melissa ist noch mal heimgekommen, weil sie das Geschenk

für ihre Freundin vergessen hat«, berichtete sie. Ihre Stimme war tonlos und trotzdem voller Bitterkeit. »Sie hat alles gesehen. Den zerbrochenen Teller, das Essen auf dem Boden. Ihre Mutter, die weinend in der Ecke kauert. Sie hat nur den Kopf geschüttelt und ist rausgerannt.«

Helga ging zu ihrer Freundin, legte ihr tröstend die Hand auf die Schulter. Doch Laura schüttelte sie ab.

»Und Martin? Martin hat nur gelacht. Dann hat er nochmal richtig aufgedreht.« Laura setzte sich wieder. Ihr Blick fixierte Helga, als versuche sie sich an ihr festzuhalten.

»Am liebsten hätte ich ihm Glasscherben unter sein Curry gemischt. Vielleicht wäre ihm das Essen dann scharf genug.« Sie seufzte. »Helga, ich schwöre dir, ich könnte ihn umbringen.«

Helga schluckte schwer. Meinte Laura das ernst? So was sagte man schnell mal, wenn einen die Wut übermannte. Trotzdem rammte man nicht gleich jemandem ein Messer in die Brust. Obwohl sie zugeben musste, dass sie selbst mehr als einmal Martins Tod herbei gesehnt hatte. Nein, nicht hatte. Sie tat es immer noch.

»Und Gott weiß, dass dieser brutale Schläger den Tod verdient hat.« Helga sah in Lauras schreckgeweitete Augen. Ihr war nicht bewusst gewesen, dass sie das laut ausgesprochen hatte. Aber sie stand dazu. Sie war nicht stolz drauf, aber sie wäre froh, Laura in Sicherheit zu wissen.

»Vielleicht beschert ihm das Schicksal einen tödlichen Autounfall. Oder er erstickt an seiner Arroganz«, ergänzte Laura. Doch Helga hörte nur noch mit einem Ohr zu. Ihr Blick ruhte auf dem Bild über dem Küchentisch. Darauf waren Holzfiguren unter einem überdimensioniertem Apfel abgebildet.

»Stechapfel«, murmelte Helga. »Nein, zu bitter. Besser Tollkirsche, ja, Atropin«.

»Was?« Erstaunt schaute Laura hoch. »Du meinst, ich soll

wirklich …?«

»Wir Laura«, korrigierte Helga sie. »Wir werden was tun. Ich kann das einfach nicht länger mit ansehen.«

Für einen kurzen Augenblick erstarrte Lauras überraschtes Gesicht. Aber in ihren Augen erkannte Helga etwas, was sie dort schon lange nicht mehr gesehen hatte. Ein kleiner Funken Hoffnung tanzte auf Lauras Iris. Hoffnung, dem Käfig, zu dem ihre Ehe geworden war, zu verlassen.

»Komm mit!« Helga sprang auf. So schnell es die alten Glieder zuließen, hastete sie aus der Küche und hinaus ins Treppenhaus. Laura eilte ihr hinterher bis in den Keller. Vergilbte Keramikgefäße mit blauer Aufschrift, braune Arzneimittelflaschen und zahlreiche Bücher stauten sich auf den verstaubten Regalen in Helgas Kellerabteil.

»Was ist das?«, fragte Laura. »Ist das alles aus Karls Apotheke?« Helga nickte knapp. Obwohl ihr Mann schon zwei Jahre tot war, hatte sie es noch immer nicht übers Herz gebracht, seine Sachen wegzugeben. Wieder mal legte sich der Schatten der Trauer auf ihr Gemüt. Welches Glück sie doch mit ihrem Mann geteilt hatte. Dennoch würde Karl nicht gutheißen, was sie hier tat, das wusste sie. Aber sie ignorierte diesen Gedanken und zog einen dicken Wälzer aus dem Regal. Hektisch blätterte sie darin herum, bis sie bei dem Foto eines Zweiges mit dunkelgrünem Laub und schwarzen, kugelrunden Beeren stoppte.

»Die Früchte der schwarzen Tollkirsche sind hochgiftig«, las sie laut. »Sie enthalten das Gift Hyoscyamin, Apoatropin sowie Skopolamin. Weder Geschmack noch Geruch lassen auf die Giftigkeit schließen. Die Beeren schmecken leicht süßlich.« Zufrieden klappte Helga das Lexikon wieder zu. »Genau das, was wir brauchen.«

»Aber wo kriegen wir die Beeren her? Die wachsen jetzt doch nicht«, fragte Laura. »Und selbst wenn: Wie sollen wir Martin dazu bringen, sie zu essen?«

Jetzt im Winter würden sie tatsächlich weder Beeren noch Blätter finden und bis zum Frühjahr sollten sie besser nicht warten. Helga war sich sicher, dass diese Tragödie einst tödlich enden würde. Und sie wollte alles dafür tun, damit es nicht Lauras Beerdigung wäre. Mit einem Mal hellte sich Helgas grübelnde Miene auf und sie begann, die verschiedenen Schachteln und Kisten aufzureißen und darin zu wühlen.

»Voilà«, rief sie nur kurze Zeit später und hielt ein kleines, braunes Fläschchen in die Höhe. »Wusste ich doch, dass hier noch welche sein mussten.«

»Was ist das?«, fragte Laura.

»Belladonna, ein Extrakt aus der Tollkirsche. Karl hat damit seinen Abszess behandelt. Damit werden wir Martin los.«

»Bei einem unnatürlichen Tod wird doch die Polizei ermitteln. Die finden doch sofort raus, dass er vergiftet wurde«, gab Laura zu bedenken.

»Ach Kindchen, glaubst du wirklich, ich hätte aus all meinen Krimis nichts gelernt? Wir müssen Martin das Gift nach und nach in winzigen Mengen geben. So kann es nicht nachgewiesen werden. Über einen längeren Zeitraum eingenommen, schädigt die Tinktur das Herz, was schlussendlich zum Herzversagen führt.«

»Bei Martins stressigem Lebensstil und all den Zigaretten wird es niemanden wundern, wenn er einen Herzinfarkt bekommt«, rief Laura und fiel ihrer Freundin um den Hals. »Du bist einfach genial!«

»Am besten gibst du immer ein paar Tropfen in sein Essen. Aber wir dürfen nicht ungeduldig werden«, mahnte Helga und ließ das Fläschchen in Lauras Tasche gleiten. Gerade als sie wieder in den Flur traten, verließen zwei Sanitäter das Haus.

»Sie müssen ins Dachgeschoss«, wies einer von ihnen die

Polizisten an, die soeben ankamen. Laura wurde weiß wie ein frisch gestärktes Laken.

»Das ist unsere Wohnung!«, schrie sie auf. Zwei Stufen auf einmal nehmend jagte sie nach oben. Auch Helga begann die Treppe hinaufzueilen. Als sie japsend im Dachgeschoss ankam, hörte sie Lauras panische Stimme.

»Melissa? Ist was mit meiner Tochter?«

Die Angst mobilisierte Helgas letzte Kräfte. Sie stürzte in die Wohnung und eilte zu Laura.

»Sind Sie Frau Krüger?«, fragte der Notarzt. Laura nickte stumm.

»Was ist passiert?«, verlangte nun auch Helga zu wissen. Ihr Herzschlag dröhnte ihr in den Ohren.

»Frau Krüger, ihr Mann hatte einen schweren Herzinfarkt. Es tut mir leid, wir konnten nichts mehr für ihn tun«, erklärte der Notarzt. Wie ferngesteuert ließ sich Laura auf einen Stuhl sinken. Sie schob die Hände in die Taschen ihrer Strickjacke. Ihre Finger streiften das kühle Glas der Arzneimittelflasche. Martin hat sich still und leise aus ihrem Leben gestohlen. Noch mit dem letzten Atemzug brachte er sie um den Triumph.

# Über die
# Autorinnen und Autoren

ZDENA BALANOVA
ist in Prag aufgewachsen und lebt mit ihrer Familie in Mülheim an der Ruhr. Dort gehört sie seit zwei Jahren zum ausgewählten Kreis der »Mülheimer Stadtpoeten«, einem Projekt der dortigen Stadtbibliothek. Sie begann bereits als junge Erwachsene, Lyrik zu schreiben. Die gelernte Industriekauffrau und Heilpraktikerin zeichnet und malt außerdem sehr gerne und verbringt viel Zeit in der Natur.

ULLE BOWSKI (Uwe Iserlohe)
ist Gelegenheitskünstler,
Gelegenheitsautor, Gelegenheitsreporter,
Gelegenheitspilger, Gelegenheitskoch,
Gelegenheitsgalerist und betreibt die 1000 Markenbude in Recklinghausen.

CHANTAL DUMAN
begann mit dem Schreiben von Kurzgeschichten und Gedichten im Jahre 1992, im Alter von zehn Jahren. Auslöser dafür, war ein packender und verstörend realistischer Traum, den sie eines

Nachts hatte. Es ließ sie nicht los, die Geschichte unbeendet zu lassen und so schrieb sie diese kurzerhand auf und erfand dazu noch ein passendes Ende für ihre erste Kurzgeschichte. Die Sehnsucht sich mit Wörtern kreativ auszudrücken gipfelte schließlich in ihrem ersten Liebesroman, welchen sie kürzlich beendete.


UWE KERRINNES
arbeitet freiberuflich als Autor, Ghostwriter und Redenschreiber für geschäftliche und private Anlässe. Unter dem Namen E. U. Kerrin hat der Recklinghäuser als Co-Autor das Kinder- und Jugendbuch »Das Dorf ohne Schatten« geschrieben. Privat setzt sich der Lesefreund und begeisterte Waldbader unter anderem als Beisitzer im Vorstand der Neuen Literarischen Gesellschaft Recklinghausen (NLGR) für gute Texte ein.


CLAUDIA KOCIUCKI,
1968er Recklinghäuser Jahrgang. Als promovierte Sprachlehrforscherin und Literaturwissenschaftlerin zunächst 15 Jahre als freiberufliche Dozentin, Coach und Lehrerfortbildnerin tätig, seit Ende 2005 als Mitarbeiterin an der Ruhr-Universität Bochum. 2011 erfolgte der ›Tastenwechsel‹ von der wissenschaftlichen zur literarischen Schreibe; seitdem ist die Autorin als passionierte Lese- und Theaterbühnenakteurin sowie als Moderatorin von Literaturveranstaltungen unterwegs. Mitglied der 42er Autoren e. V.
www.facebook.com/claudiakociucki.tastenwechsel

KERSTIN LIEMANN
entstammt dem besten aller Jahrgänge, lebt, lacht und arbeitet in Recklinghausen und das am liebsten mit anderen Menschen. Sie schreibt alles in allem seit ihrem 6. Lebensjahr, zielgerichtet und in größeren Zusammenhängen jedoch erst seit geraumer Zeit. Der Beitrag zur Autorennacht 2019 ist ihr erster öffentlicher Beitrag zum Kanon der Literatur, jedoch ist sie wild entschlossen, mehr Output zu generieren.

ANNIE SCHALKOWSKI
ist 24 Jahre alt und kommt aus Recklinghausen. Nach Abschluss der schulischen Laufbahn mit dem Abitur im Jahr 2015, absolvierte sie zunächst ein kreatives akademisches Jahr in englischer Literatur an der University of Groningen in den Niederlanden und verfolgt ihre Leidenschaft fürs Schreiben. Nach der Zeit in der Niederlande war sie beruflich vorerst in einem Frauenhaus beschäftigt und hat sich dort viel für geflüchtete Frauen und Kinder in Notsituationen eingesetzt. Derzeit ist sie in einer Kanzlei als angehende Rechtsanwalts- und Notarfachangestellte tätig. Für die nächsten Jahre ihrer beruflichen Zukunft strebt sie die Tätigkeit der Freirednerin an, da sie in der Passion, mit Worten Menschen zu erreichen ihre persönliche und auch berufliche Erfüllung sieht.

MELINA SCHALKOWSKI,
gerade 19 Jahre alt geworden, besucht die 13. Klasse der Käthe Kollwitz-Oberstufe. Nach Erwerb des Abiturs strebt sie eine Ausbildung im Eventbereich oder als Fachangestellte für Medi-

en- und Informationsdienste an. Des Weiteren zeichnet sie leidenschaftlich gerne und sieht dies als Ausgleich für den stressigen Schulalltag.

SYLVIA SEELERT,

Jahrgang 1969, lebt und schreibt in Oer-Erkenschwick. Sie ist als Diplom-Verwaltungswirtin im kommunalen Kulturbetrieb tätig und schreibt, dichtet und fotografiert nach Büroschluss. Einen besonderen Fokus legt sie auf skurrile, nachdenkliche, poetische Texte, in denen innere Entwicklungen oder Momentaufnahmen eine besondere Rolle spielen.

GRETA WELSLAU

wurde 1979 in Polen geboren und ist in Gelsenkirchen aufgewachsen. 2004 verließ sie das Ruhrgebiet und lebte viele Jahre im Raum Freiburg und dem grenznahem Elsass. Ihre berufliche Erfahrung in der medizinischen Forschung bereichert vor allem ihre Krimi-Kurzgeschichten. Nachdem sie sich in den letzten Jahren mehr der bildenden Kunst gewidmet hat, erschafft sie seit ihrer Rückkehr vor eineinhalb Jahren mit Worten neue Bilder. Bereits zur Schulzeit konnte sie im Rahmen eines Schulprojektes eine Kurzgeschichte in der WAZ veröffentlichen. Eine weitere ihrer Geschichten erscheint in Kürze in einer Anthologie im Dirk Laker Verlag.

**NLGR e.V.**
Elper Weg 90, 45657 Recklinghausen
Fax: 02361-938757, Mail: kropla@nlgr.de

## Beitrittserklärung

| | |
|---|---|
| **Vorname** | |
| **Nachname** | |
| **PLZ, Ort** | |
| **Straße, Nr.** | |
| **Mailadresse** | |
| **Geb.datum** | |
| **Datum** | |
| **Unterschrift** | |

- ❏ 30,00 € Einzelmitgliedschaft
- ❏ 15,00 € ermäßigte Mitgliedschaft
- ❏ 50,00 € Paarmitgliedschaft

Die Mitgliedschaft ist zeitlich nicht begrenzt - eine Kündigung seitens des Mitglieds ist mit einer Frist von drei Monaten zum Jahresende möglich. Der ermäßigte Beitrag gilt für Schüler, Studenten und Hilfeempfänger.

**SEPA- Lastschriftmandat** - Ich ermächtige die NLGR, Zahlungen von meinem Konto mittels Lastschrift einzuziehen. Zugleich weise ich mein Kreditinstitut an, die von der NLGR auf mein Konto gezogenen Lastschriften einzulösen.

| | |
|---|---|
| **IBAN** | |
| **BIC** | |
| **Bank** | |
| **Datum** | |
| **Unterschrift** | |

**Hinweis:** Ich kann innerhalb von acht Wochen, beginnend mit dem Belastungsdatum, die Erstattung des belasteten Betrages verlangen. Es gelten dabei die mit meinem Kredit-institut vereinbarten Bedingungen. - Die Lastschrift erfolgt 14 Tage nach Erklärung der Mitgliedschaft, Folgebeiträge werden jeweils Ende Januar eines jeden Jahres eingezogen. - Gläubiger-ID.: DE23 001 000 001 74 446, Mandatsreferenz: Ihre Mitgliedsnummer